Janina Kastevik

Noel und der geheimnisvolle Wunschzettel

Als Noel einen zerknitterten Zettel findet, erfüllen sich alle Wünsche, die er darauf schreibt. Und er wünscht sich vieles – er vermisst seine Mutter, die die Familie verlassen hat, er ist einsam und hätte so gerne einen Freund. Doch mit jedem Wunsch, der wahr wird, geht auch etwas schief. Was steckt hinter diesem geheimnisvollen Wunschzettel?

Janina Kastevik, geboren 1979, arbeitet neben ihrer Tätigkeit als Kinderbuchautorin als Juristin. Sie liebt Kinderliteratur, gute Blogger und den Gedanken, dass neben unserer Realität weitere Realitäten existieren, die für uns nicht sichtbar sind. Sie lebt mit ihrer Familie in der Nähe von Stockholm.
Auf Facebook
Auf Instagram: @janinakastevik

Pe Grigo, geboren 1972, zeichnet seit ihrer frühesten Kindheit. Nach Ausbildung und Studium hat sie das Zeichnen zum Beruf gemacht. Sie illustriert Texte für Kinder und Erwachsene und lebt in Bielefeld.

Janina Kastevik

Noel und der geheimnisvolle Wunschzettel

Aus dem Schwedischen von
Friederike Buchinger

Mit Bildern von Pe Grigo

dtv

Die Übersetzung dieses Buches wurde vom
Kulturrådet – Swedish Arts Council gefördert.

SWEDISH
ARTSCOUNCIL

MIX
Papier aus verantwortungsvollen Quellen
FSC® C019821
FSC
www.fsc.org

2021 dtv Verlagsgesellschaft mbH & Co. KG,
München

Published by agreement with Koja Agency.
Titel der Originalausgabe: ›Noel och den magiska önskelistan‹
(Hippo Bokförlag, Stockholm 2016)

Umschlag: dtv nach einem Entwurf und mit
Illustrationen von Pe Grigo
Gesamtherstellung: Druckerei C.H.Beck, Nördlingen
Printed in Germany · ISBN 978-3-423-62732-0

Prolog

Stell dir eine Klasse vor, die in die Pause stürmt.

Stell dir Gedrängel vor den Klassenzimmern vor. Gerangel, Winterjacken, die hastig übergezogen werden, Mützen, die durch die Luft fliegen. Das Geschrei, das Gelächter. Und den Mief von feuchten Schneeanzügen.

Stell dir vor, wie alle raus auf den Schulhof rennen, Schneehöhlen bauen, Schlittschuh laufen oder zu zweit zusammenstehen und miteinander tuscheln.

Stell dir vor, dass jemand zurückbleibt. Jemand, der nicht mit in die Pause geht, sondern im stillen Schulflur stehen bleibt.

Das bin ich. Ich stehe da.

Allein.

1.

Warum bin ich immer der, der übrig bleibt?

Ich verstehe es nicht.

Ich denke oft darüber nach. Manchmal stelle ich mich vor den Spiegel und frage mich, warum ich nicht dazugehöre.

An meinem Aussehen liegt es nicht, das weiß ich. Ich sehe nämlich ganz normal aus. Dunkle Haare, vielleicht ein bisschen abstehende Ohren. Aber da ist nichts, was einem sofort auffallen würde. Und ich bin auch nicht komisch angezogen oder so.

Nein, es muss etwas anderes sein. Etwas, das man nicht sieht, das aber offenbar irgendwie falsch und komisch ist.

Ich habe mich bemüht, wirklich, das habe ich. Ich bin auf dem Schulhof hin und her gelaufen und kam mir dabei albern vor. Man kommt sich nämlich albern vor, wenn man so tut, als wäre man wahnsinnig damit beschäftigt, Kieselsteine durch die Gegend zu kicken, obwohl man eigentlich nur darauf wartet, dass jemand kommt und fragt, ob man bei irgendwas mitmachen möchte.

Einmal bin ich bei Tim und Hugo stehen geblieben und habe gefragt, was sie gerade machen. Aber da haben sie sich nur angeschaut, gekichert und an ihrer Schneehöhle weitergebaut. Sie wollten mich nicht dabeihaben, das konnte man merken.

Und nun sind bald Weihnachtsferien. Fast ein ganzes Halbjahr bin ich jetzt in der neuen Klasse. Aber in den Pausen bin ich immer noch allein.

»Du kannst jederzeit zu mir kommen, wenn du etwas auf dem Herzen hast, Noel«, sagt Maggan immer und pustet mir dabei ihren Kaffeeatem ins Gesicht.

Als ob ich ausgerechnet ihr meine geheimsten Geheimnisse verraten würde! Ich habe gehört, was sie mal zu einer anderen Lehrerin über mich gesagt hat. Als ich auf dem Weg zum Lehrerzimmer war, weil ich dort etwas fragen wollte, hörte ich Maggans Stimme. Sie redete leise und verschwörerisch. Es klang nach Klatsch und Tratsch.

»Also er zeigt ja wirklich gar keine Eigeninitiative. Steht in den Pausen nur herum. Wenn jemand versucht, mit ihm zu reden, dann ist er mürrisch und patzig. Und außerdem ist er … na ja, schon ziemlich altklug.«

Mir war sofort klar, dass sie über mich sprachen. Und das war wie ein Schlag in den Magen, während ich da draußen vor dem Lehrerzimmer stand.

»Er fügt sich einfach nicht in die Gruppe ein«, fuhr sie seufzend fort. »Es kommt mir so vor, als würden die anderen Kinder ihm aus dem Weg gehen. Sie merken wohl auch, dass er ein bisschen schwierig ist. Ich weiß wirklich nicht, was ich mit ihm machen soll.«

So sieht Maggan mich also. In ihren Augen bin ich schwierig. Altklug. Diese hässlichen Worte, die bedeuten, dass man nicht reinpasst, dass man irgendwie falsch ist.

Danach weigerte ich mich, in den Pausen rauszugehen. Anfangs versuchte Maggan, mich trotzdem auf den Schulhof zu schieben, aber als sie merkte, dass es nichts half, bekam ich die Erlaubnis, drinnen zu bleiben.

»Dann machen wir es eben erst mal so. Bis … wir eine bessere Lösung gefunden haben.«

Manchmal, wenn ich allein im Klassenzimmer bin, stehe ich am Fenster und schau über den Schulhof. Ich presse die Nase gegen die Scheibe und starre all die fröhlichen, normalen Kinder dort draußen an.

Oder ich sitze an meinem Platz und lese, denn wenn ich lese, dann vergesse ich die leeren Flure, die einsamen Pausen und die seufzenden Lehrer mit ihren besorgten Blicken. Und ich vergesse Papas hängende Schultern und das Gefühl, dass alles düster und grau ist.

Ich habe ein rotes Notizbuch, in dem ich mir spannende Wörter aufschreibe. Meistens sind es schöne Wörter, die ich aufbewahren möchte, solche wie *milde Brise*, *Serpentine* und *Smaragdgrün*. Aber in diesem Winter füllte ich die Seiten mit den hässlichsten Wörtern, die ich kannte:

Eiterbeule
Schleimbeutel
Rotz

Aber das alles war natürlich vor der Sache mit dem geheimnisvollen Wunschzettel. Vor dem mysteriösen Obdachlosen mit dem Goldzahn, vor Wolke und allem anderen, was in diesem Winter passiert ist, als ich in die Fünfte ging.

Von alldem werde ich noch erzählen, aber dazu muss ich von vorn anfangen. Und zwar mit jenem Tag im Bus, auf dem Heimweg nach der Schule.

2.

Dichter Schnee fiel, als ich an der Bushaltestelle stand und wartete. Vor Kälte tropfte mir die Nase.

»Der schneereichste Winter seit einem Jahrzehnt«, hatten sie in den Nachrichten gesagt, und damit hatten sie wohl recht. Ich lebte nämlich seit fast elf Jahren und konnte mich jedenfalls nicht an mehr Schnee oder einen kälteren Winter erinnern.

Ich nahm mein Handy und tippte mit steif gefrorenen Fingern darauf herum. Vielleicht hatte Mama eine Nachricht geschickt?

Aber natürlich war keine Nachricht gekommen. Ich war enttäuscht und verletzt. War es wirklich so schwer, sich zu melden? Im Herbst hatte Mama viel zu tun gehabt, das wusste ich. Aber jetzt war sie schon seit mehreren Monaten in

Liberia, und es verging immer noch so viel Zeit zwischen ihren Anrufen oder Mails.

Der Bus kam, und ich stieg schnell in die Wärme und ließ mich auf einen Platz am Fenster sinken. Ich wollte gerade *Die unendliche Geschichte* aus dem Rucksack ziehen, als sich jemand neben mich quetschte. Ich rückte ein bisschen zur Seite. Es gab doch so viele freie Plätze, warum musste diese Person sich ausgerechnet neben mich setzen?

Dann bemerkte ich den Gestank. Es müffelte nach Körper, nach Schmutz und ungewaschener Kleidung, vermischt mit dem scharfen Geruch von Schnaps. Na toll. Ein Penner.

Ich schielte verstohlen zur Seite. Da saß ein Kerl mit langen grauen, filzigen Haaren und schnaufte. Auf dem Kopf hatte er eine dicke Pelzmütze mit Ohrenklappen, und in den Händen hielt er schmuddelige Plastiktüten, voll mit leeren Getränkedosen und anderem Müll.

Er roch wirklich nicht gut, und ich drehte diskret den Kopf zum Fenster, um den stechenden Geruch nicht einatmen zu müssen. Hauptsache, der Typ fing nicht auch noch an zu reden.

Aber er saß nur stumm da und schaute geradeaus. Sein Gesicht und seine Hände waren übersät mit braunen Flecken, und ich konnte mir nicht verkneifen, sie anzustarren. Waren das Muttermale?

Der Bus legte sich in die Kurve, und genau da drehte sich der Mann zu mir um. Er grinste breit, und zwischen seinen braunen Zahnstummeln blitzte ein Goldzahn auf. Mir blieb gar nichts anderes übrig, als zurückzulächeln. Ich fand, dass er eigentlich ziemlich nett aussah. Und er kam mir seltsam bekannt vor, aber ich konnte mich nicht erinnern, wo ich ihm vielleicht schon mal begegnet war.

Als der Bus an der nächsten Haltestelle bremste, sammelte der Mann eilig seine Tüten zusammen und hastete nach draußen. Die Türen schlossen sich. Und da sah ich, dass er etwas auf dem Sitz vergessen hatte. Einen kleinen Zettel, dreckig und verfleckt, aber sorgsam zusammengefaltet.

Ich nahm den Zettel und rannte schnell zur Tür. »Hallo!«, rief ich und wedelte mit dem Zettel. »Halt! Sie haben was vergessen!«

Aber der Bus war schon wieder auf die Straße gerollt. An der Haltestelle stand ein Papa mit Kinderwagen und starrte mich verwundert an. Von dem Penner war weit und breit nichts zu sehen.

Eine alte Dame mit einem weißen Pudel an der Leine versuchte, sich im Mittelgang an mir vorbeizuschieben. »Hör mal, junger Mann, hier kannst du nicht stehen bleiben«, sagte sie und fuchtelte genervt mit der Hand, damit ich ihr Platz machte.

Ich quetschte mich zurück auf meinen Sitz und stopfte den Zettel in die Jackentasche.

Dort blieb er dann und wartete darauf, dass ich mich an ihn erinnern und ihn wieder hervorziehen würde.

Um zu lesen, was darauf stand.

3. Wenn ich jetzt so zurückdenke, dann ist es ein bisschen komisch, dass ich den Wunschzettel damals einfach wieder vergessen habe, obwohl er das ganze Wochenende in meiner Tasche steckte. Aber wahrscheinlich lag das nur daran, dass ich dachte, es wäre nicht mehr als ein schmuddeliges Stück Papier.

Am Samstag waren Papa und ich in der Stadt, um nach einer neuen Jacke für mich zu schauen, und das trug bestimmt auch dazu bei, dass ich nicht mehr an den Zettel dachte.

Wir hatten einen schönen Tag zusammen, Papa und ich. Es war klirrend kalt und sonnig, und in den Geschäften wimmelte es nur so von rotwangigen, dick eingemummelten Leuten, die Weihnachtsgeschenke kauften.

Wir bewunderten ausgiebig die weihnachtlich dekorierten

Schaufenster und machten in einem gemütlichen Café Pause, wo die kleinen Tische ein bisschen wackelten und die Kaffeetassen Unterteller hatten.

Papa war fröhlich. Er pfiff *Jingle Bells,* und sogar die Sorgenfalte, die sich seit Mamas Abreise auf seiner Stirn gebildet hatte, war kaum zu sehen.

»Very good, Gummihut«, sagte er, als ich die Jacke anprobierte, und er bezahlte, ohne zu murren, obwohl sie ganz schön teuer war.

Ich lächelte ein bisschen. Es war lange her, dass Papa herumgeblödelt hatte. Und auch wenn seine Wortspiele meistens sterbenslangweilig waren, war es ein gutes Gefühl, dass er wenigstens *versuchte*, witzig zu sein.

Ja, denn seit Mama nach Afrika gegangen war und Papa und ich nach Kungsholmen gezogen waren, einen Stadtteil mitten in Stockholm, war Papa traurig. Er dachte natürlich, ich würde das nicht merken. Er dachte, wenn er nur oft genug »Ach, haben wir es gut« sagte und »Wir beide kommen super zurecht«, dann würde es irgendwann wirklich so sein.

Und ich wusste, dass ich Papa nur noch trauriger machen würde, wenn ich ihm erzählte, wie es mir in der Schule ging oder wie sehr ich Mama vermisste. Also behielt ich es für mich.

Als wir auf dem Heimweg waren, trafen wir zufällig einen Arbeitskollegen von Papa.

»Na? Habt ihr den Umzug gut überstanden? Kommt dein Junge mit allem zurecht?«, fragte er und klopfte Papa auf den Rücken.

Papa schaute mich an. »Eigentlich ist es ganz schön, mal ein neues Kapitel aufzuschlagen. Woanders neu anzufangen. Stimmt's, Noel?« Er drehte sich wieder zu seinem Kollegen und sagte: »Na, du weißt ja, wie Kinder sind. Sie gewöhnen sich so schnell ein. In Nullkommanichts haben sie neue Freunde.«

Ich sagte nichts. Keinen Mucks sagte ich, obwohl sich meine Brust zuschnürte. Ich scharrte nur mit dem Schuh im schmutzigen Schneematsch und ermahnte mich streng: *Reiß dich zusammen, Noel, mach dich nicht lächerlich. Fang jetzt nicht an zu heulen, fang bloß nicht an zu heulen.*

Nie im Leben würde ich Papa erzählen, was für ein seltsames, missglücktes Kind er hatte, das in den Pausen allein herumstand und nicht einfach in Nullkommanichts neue Freunde fand.

Als wir nach Hause kamen, hängte ich meine alte Jacke in den Schrank. Dann probierte ich die neue an und blieb lange damit vor dem Spiegel stehen.

Ich hatte mir eine dunkelblaue, glänzende Daunenjacke mit Kapuze ausgesucht. Sie sah fast genauso aus wie die von Tim aus meiner Klasse. Hockey-Tim, in den alle Mädchen verliebt waren. Tim, der in den Pausen immer von einer ganzen Horde Jungs umringt war, die ihn bewunderten.

Ich fand, dass ich mit der neuen Jacke anders aussah. Mehr wie ein fröhlicher, normaler Junge. Wie einer, der jede Menge Freunde hatte. Ich stellte mir vor, ich wäre in der Eingangshalle unserer Schule und würde gerade in die Pause gehen.

»Kann ich mitspielen?«, fragte ich mein Spiegelbild.

Mein Spiegelbild lächelte. »Klar«, sagte es. »Wir wollen eine Schneehöhle bauen, in der Ecke drüben beim Fußballplatz.«

»Okay, ich komme mit«, antwortete ich dem Spiegelbild mit ganz entspannter und unbekümmerter Stimme.

Und ich dachte an Montag, wenn ich die neue Jacke anziehen und alles anders werden würde. Dann würde ich nicht mehr allein sein.

4.

Am Montagmorgen in der Schule sah ich mich um, als ich meine Jacke vor dem Klassenzimmer aufhängte. Ich wartete darauf, dass jemand etwas sagen würde. Dass jemand mich und meine glänzende blaue Jacke bemerkte und vielleicht sogar fragte, ob sie neu war.

Aber alle waren damit beschäftigt, die eigenen Schneeklamotten aufzuhängen und dann ins Klassenzimmer zu rennen. Niemand beachtete mich.

»Wie immer möchte ich euch das Wort der Woche erklären und euch zeigen, wie man es buchstabiert«, sagte Maggan.

Maggan schrieb mit ihrer ordentlichen, gleichmäßigen Handschrift das Wort *Ambition* an die Tafel.

»Weiß jemand, was das bedeutet?«, fragte sie und drehte sich zur Klasse um.

Ich meldete mich nicht. Das war sowieso sinnlos, sie würde mich eh nicht aufrufen. Fast jedes Wort der Woche kannte ich schon, bevor Maggan es mit uns besprach, und das passte ihr nicht. Meistens tat sie so, als hätte sie meine Hand nicht gesehen, und rief stattdessen jemand anderes auf.

Die Kinder in der Klasse mochten es auch nicht, wenn ich Maggans Fragen beantwortete, das hatte ich nach einem halben Jahr in der neuen Schule längst gelernt. Einmal, als ich noch ganz neu in der Klasse war, hatten wir über Synonyme gesprochen.

»Kennt einer von euch ein Synonym für *tollpatschig*?«, hatte Maggan gefragt.

Ich meldete mich. »Ungeschickt«, sagte ich.

Hugo kicherte. Ich schaute verstohlen zu ihm rüber und sah, wie er Tim, der in der Reihe vor ihm saß, etwas zuflüsterte. Ich konnte nicht hören, was Hugo sagte, aber es war irgendwas Fieses über mich, das war klar. Denn beide drehten sich zu mir um und kicherten wieder. Vielleicht dachten sie, ich wollte mich wichtigmachen und würde mich für was Besseres halten.

Also verzichtete ich auch heute wieder darauf, mich zu melden. Stattdessen schaute ich aus dem Fenster und fragte mich, wie es Mama wohl gerade ging.

Es waren nur ein paar Stunden Zeitunterschied zwischen

Liberia und Stockholm. Was tat sie wohl gerade? Reinigte sie eine verschmutzte Wunde? Impfte sie ein Baby? Hoffentlich war sie vorsichtig, wenn sie jemanden mit einer gefährlichen, ansteckenden Krankheit untersuchte. Aber bald war Weihnachten, und dann würde Mama für ein paar Wochen nach Hause kommen. Das hatte sie versprochen.

Als es zur Pause klingelte, ging ich mit den anderen in den Flur und zog meine neue Jacke an. Jetzt würde sie bestimmt jemandem auffallen!

Und da passierte es tatsächlich. Tim blieb auf dem Weg nach draußen stehen. Er schaute mich an, musterte mich von oben bis unten, und es war, als würde er mich zum ersten Mal *sehen.* »Coole Jacke«, sagte er und lächelte.

Da wurde mir ganz warm und froh ums Herz, und ich wusste, dass ich jetzt irgendetwas sagen sollte, ihn fragen, was er in der Pause machen würde oder wie die Englischarbeit gelaufen war. Tausend Gedanken flogen durch meinen Kopf, aber ich bekam einfach kein Wort heraus.

»Willst du den ganzen Tag da rumstehen, oder was?«

Hugo stand in der Tür und winkte Tim. Und Tims Lächeln erstarb, er drehte sich um, kehrte mir den Rücken zu und rannte raus in den Hof.

Zusammen mit Hugo.

Sie rannten immer weiter, bis nur noch zwei kleine bunte Punkte beim Fußballplatz zu erkennen waren.

Ich schaute ihnen hinterher. Ich hatte einen Kloß im Hals.

Ein einsamer Handschuh lag nass und schmutzig auf dem Boden. Ich stand immer noch da, starrte den Handschuh an und schluckte und schluckte.

Natürlich hatte sich nur wegen einer neuen Jacke nicht alles geändert.

Wieso auch.

Als ich aus der Schule nach Hause kam, war es draußen längst dunkel. Die Wohnung wirkte düster und einsam. Sie war noch kahl und leer: weiße Wände, nur wenige Möbel, kein Adventsstern im Fenster und keine duftende Hyazinthe auf der Fensterbank. Papa war wohl noch nicht dazu gekommen, die Wohnung weihnachtlich zu schmücken. Er arbeitete so viel zurzeit.

Als Mama abgereist war, hatte Papa gleichzeitig seine neue Stelle als Oberarzt in einem Krankenhaus in der Nähe des Vasaparks angefangen. Deshalb waren wir von Värmdö hierher in die Stadt gezogen, damit er nicht jeden Tag so weit pendeln musste.

Ich zog meine neue Jacke aus und starrte sie böse an. »Es ist doch sowieso egal«, schimpfte ich. »Ich bin ganz einfach falsch. Ich kann machen, was ich will, ich passe trotzdem nicht in diese dumme Scheißklasse.«

Ich nahm die Jacke, riss die Schranktür auf und stopfte sie wütend hinein. Von mir aus konnte das blöde Ding da drin verschimmeln. Aber als ich sie reinknüllte, rutschte meine alte Winterjacke vom Kleiderbügel, und etwas Weißes fiel aus der Tasche.

Der Zettel. Der Zettel, den der obdachlose Alte auf seinem Sitz vergessen hatte.

Ich bückte mich, hob ihn vom Boden auf und ging in die Küche, um ihn in den Müll zu schmeißen. Komisch, dass ich diesen dreckigen Papierschnipsel überhaupt aufgehoben hatte. Warum hatte ich ihn nicht sofort weggeworfen?

Aber aus irgendeinem Grund faltete ich den Zettel auseinander. Nur um zu gucken, was darauf stand.

Hä?

Ich konnte es kaum glauben! Hatte ich wirklich richtig gelesen?

Meine Hände zitterten.

Doch, ich hatte mich nicht geirrt.

Auf dem schmutzigen, zerknitterten Papier stand, in wunderschöner, sehr verschnörkelter Schrift:

Noel – Wunschzettel.

Noel. Das war ja ich.

War der Zettel etwa für mich? Hatte der Obdachlose den Zettel auf den Sitz gelegt, weil ich ihn finden sollte?

Ich stützte mich mit der Hand an der Wand ab. Mir war schwindelig, und meine Gedanken wirbelten auf und davon – zu Feen, Flaschengeistern und dem Goldesel aus irgendeinem Märchen, das ich mal gelesen hatte. Durfte ich … durfte ich mir jetzt etwas wünschen?

Versuchen konnte ich es ja mal. Geld? Nein, es musste etwas Wichtiges sein, etwas Gutes, etwas … Und mit einem Mal tauchte ein Bild in meinem Kopf auf. Das Bild von Tim im Schulflur, als er mich erst anlächelte und sich dann umdrehte, um mit Hugo raus in die Pause zu gehen.

Da wusste ich, was ich mir wünschen würde.

Einen Freund natürlich! Einen, der ein bisschen so war wie Tim. Aber der mit mir in die Pause gehen wollte.

Ich weiß nicht so richtig, warum, aber aus irgendeinem Grund war mir klar, dass ich meinen Wunsch auf den Zettel schreiben musste, damit er sich erfüllte. Also kramte ich einen Stift aus der Küchenschublade und schrieb mit zitternder Hand: *Einen Freund oder eine Freundin.*

Und da klingelte es an der Tür.

5. Ich sah bestimmt ziemlich überrascht aus, aber es gelang mir trotzdem, wenigstens ein »Hallo?« zu stammeln.

»Hallihallo«, sagte das Mädchen. »Ich müsste mal kurz telefonieren. Ich komme bei uns zu Hause nicht rein und habe kein Handy dabei. Und außerdem muss ich auch ziemlich dringend pinkeln.«

Ich kam nicht mal dazu, »Ja, klar« oder so was zu sagen, weil sie sich schon an mir vorbei in den Flur drängelte. Sie schüttelte ihre Stiefel von den Füßen und drehte sich mit einer Grimasse zu mir um.

»Wo ist denn euer Klo?«

Ich zeigte zur Toilettentür, und sie stürmte sofort los.

Als sie wieder rauskam, seufzte sie erleichtert. »Du hast mir das Leben gerettet, echt.« Dann marschierte sie mit schnellen Schritten in Richtung Küche. »Oh, wie gut, da ist ja das Telefon.«

Ich blieb stehen, sprachlos und total überrumpelt. Normalerweise fragt man, wenn man sich etwas ausleihen will. Man marschiert nicht einfach in eine fremde Wohnung und tut so, als würde man die Leute kennen, als wäre man jeden Tag da. Was kam als Nächstes? Würde sie den Kühlschrank plündern und sich ein Leberwurstbrot schmieren?

Aber irgendetwas an ihr war anders. Vielleicht waren es ihre Augen? Dunkelbraun mit einem lebhaften Funkeln. Oder war es der lange Schal, den sie sich mehrmals um den Hals geschlungen hatte? Er war in allen Farben des Regenbogens gestreift, und allein sein Anblick machte mir gute Laune.

Sie redete laut und fröhlich am Telefon, während sie den Schal erst von ihrem Hals wickelte und ihn dann wieder darumschlang.

Ich stand immer noch im Flur und trat ein bisschen nervös von einem Bein auf das andere. Ich wusste nicht so richtig, wo ich hingehen sollte, und natürlich ließ es sich nicht vermeiden, dass ich ihr Gespräch mit anhörte. Es klang, als hätte sie mit jemandem einen Treffpunkt ausgemacht und als hätte es da ein Missverständnis gegeben.

Als sie das Gespräch beendet hatte, kam sie wieder in den

Flur. Sie bückte sich und zog ihre Schuhe wieder an. »Er dachte, wir hätten uns für halb verabredete, aber jetzt ist er auf dem Weg hierher, vielen Dank.«

Ich wollte gerade den Mund öffnen, um »Gern geschehen!« zu sagen, als sie erschrocken quietschte und sich die Hand vor den Mund schlug.

»Ich habe ja gar nicht gesagt, wie ich heiße! Ich bin Wolke. Ja, ich heiße schon immer so, und ja, es ist mein richtiger Name. Manche denken, es wäre ein Spitzname oder eine Erfindung oder so, aber das ist es nicht. Wie heißt du?«

»Noel«, antwortete ich. »Und ja, ich heiße schon immer so, und ja, es ist mein richtiger Name.«

Da grinste Wolke, und in ihren Augen erschien ein vergnügtes Glitzern, bei dem meine Knie ganz weich wurden.

Jetzt entdeckte sie das Buch, das hinter mir auf der Kommode lag.

»Oh, *Die unendliche Geschichte*. Findest du das Buch auch so toll? Ich liebe es. Und ich liebe Fantasy, ich finde, in Büchern muss einfach etwas Geheimnisvolles vorkommen, du weißt schon, etwas ganz Unerwartetes. Jemand findet ein Tor zu einer anderen Welt oder so.«

Ich kam auch dieses Mal nicht dazu, ihr zu antworten, denn mittlerweile war sie fertig mit ihren Schuhen und schaute auf die Uhr. Einfach nicht zu Wort kommen, dachte ich, wer auch immer sich diesen Ausdruck ausgedacht hatte, war ganz offensichtlich in genau so einer Situation gewesen.

»Jetzt muss ich mich aber beeilen! Tausend Dank noch mal, Noel!« Sie machte einen Schritt auf mich zu, und bevor ich irgendetwas sagen konnte, hatte sie mich schon umarmt und drückte mich kurz, aber fest.

Sie duftete nach Pfefferkuchen.

Und ich war auf einmal ganz verwirrt und aufgeregt und durcheinander. So durcheinander, dass ich vergaß, sie nach ihrer Telefonnummer zu fragen oder wo sie wohnte.

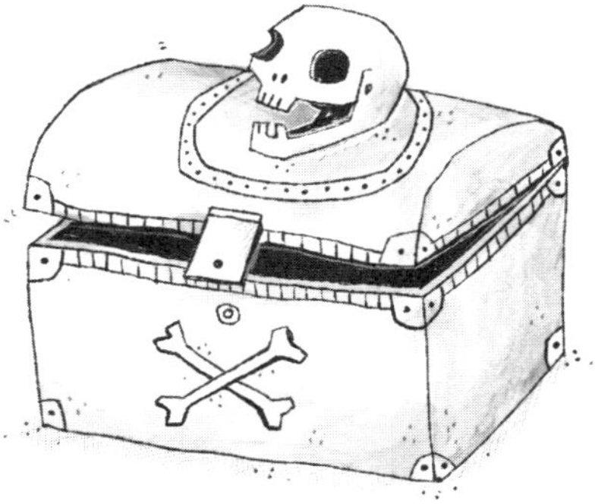

6.

Mir war ganz schwindelig, nachdem Wolke gegangen war. Sie war einfach in unsere Wohnung geweht worden, wie ein Wirbelwind.

Es dauerte ein paar Minuten, bis ich darauf kam: der Zettel! Der Zettel, den ich von dem Mann mit dem Goldzahn bekommen hatte. Es hatte funktioniert! Dieser geheimnisvolle Wunschzettel war *wirklich* magisch!

Bestimmt war Wolke die Freundin, die ich mir gewünscht hatte! Schließlich hatte sie genau in dem Moment an der Tür geklingelt, als ich den Wunsch aufgeschrieben hatte.

Und sie war so anders. Ihr Schal und die Art, wie sie redete. »Hallihallo.« Das würden die Mädchen aus meiner Klasse nie sagen. Und sie mochte Bücher, ja, noch dazu *Die unendliche Geschichte.* Genau das Buch, das ich gerade las. Das konnte kein Zufall sein. Das *musste* mein Wunsch sein, der in Erfüllung gegangen war.

Ich stolperte in die Küche, und meine Hände zitterten, als ich den Zettel nahm. Noel – Wunschzettel. Und dann meine Handschrift: *Ein Freund oder eine Freundin.*

Aber – oh nein! Ich Knallkopf! Ich wusste ja nicht mal Wolkes Nachnamen. Wie sollte ich sie je wiederfinden?

Würde sie vielleicht einfach noch mal hier auftauchen? War das gewissermaßen im Wunsch inbegriffen? Oder musste ich einen neuen Wunsch aufschreiben? Und wie viele Wünsche hatte ich frei? Konnte ich eine ganze Reihe auf den Zettel schreiben und dann würden alle in Erfüllung gehen, oder hatte ich nur einen Wunsch frei gehabt?

»Hallo? Bist du zu Hause?« Papas Stimme drang aus dem Flur in die Küche.

Ich warf einen Blick auf die Uhr. Wieso war er denn jetzt schon zu Hause? Er musste heute früher Schluss gemacht haben.

Mein Herz pochte. Ich konnte das mit dem Zettel niemandem erzählen, das war mir klar. Auch nicht Papa. Ihm ganz besonders nicht. Ich wusste sowieso schon, was er dazu sagen würde, ich konnte ihn geradezu hören: »Aber Noel, natürlich war es nur ein Zufall, dass dieses Mädchen an der Tür geklingelt hat, das ist doch ganz klar. Es gibt nichts Übernatürliches und auch keine anderen Welten. Wir werden geboren und wir sterben, that's it.«

Papa glaubte an Wissenschaft. Beweise. Nicht an Gott, nicht an Schicksal und nicht an magische Portale in andere Welten.

»Dieser verflixte Schnee!« Papa kam in die Küche. Rote Flecken prangten auf seinen Wangen. »Da stand ein Umzugswagen auf der Straße, den ich in dem Schneetreiben einfach nicht gesehen habe. Ich bin fast reingefahren. Wirklich gruselig.« Er fing an, die Post durchzusehen, die auf dem Küchentisch lag, entdeckte eine Rechnung und riss das Kuvert mit dem Finger auf. »Ach, Noel, bitte häng deine Jacke auf. Ich hab gesehen, dass sie im Schrank auf dem Boden liegt. Du weißt, was ich davon halte.«

Ich nickte. Mit dem geheimnisvollen Zettel in der Hand verzog ich mich rückwärts in den Flur und ging schnell in mein Zimmer.

Nein, Papa sollte nichts von dem Wunschzettel erfahren und auch sonst niemand. Ich musste ihn geheim halten, denn sollte das wirklich ein Zettel sein, der Wünsche erfüllen konnte, dann war er viel wert. Und wenn herauskam, dass ich einen magischen Wunschzettel besaß, dann würde man mich vielleicht ausrauben … oder noch Schlimmeres. Ich sah schon vor mir, wie ich von geheimnisvollen Männern mit

Aktentaschen und Pistolen gejagt würde, genau wie im Film, weil alle diesen Schatz in ihren Besitz bringen wollten.

Ich blickte mich in meinem Zimmer um. Wo konnte ich ihn verstecken?

Ich zog meine Schreibtischschublade auf und wühlte zwischen alten Zeichnungen, Kleingeld und bunten Gummibändern herum.

Schließlich fiel mein Blick auf ein kleines schwarzes Totenkopfkästchen, das ich im Freizeitpark gewonnen hatte. Der Deckel war ein bisschen zerkratzt, aber sonst war es perfekt.

Ich faltete den Zettel zusammen, legte ihn in das Kästchen und schob es dann ganz weit unter mein Bett. Da, sicher verwahrt, sollte er erst mal bleiben, mein Wunschzettel.

Bis ich ihn das nächste Mal brauchen würde.

7.

Also, die Sache mit Mama – ja, vielleicht sollte ich ein bisschen mehr darüber erzählen, damit man die ganze Geschichte besser verstehen kann.

Eines Abends, als ich schon im Bett lag und las, kamen meine Eltern in mein Zimmer. Sie setzten sich auf meine Bettkante, und mir war sofort klar, dass irgendwas passiert sein musste. Etwas Schlechtes. Ich bekam ein ganz blödes Gefühl im Magen.

»Wir müssen dir etwas erzählen«, sagte Papa und sah dabei sehr ernst aus.

Mama nestelte an ihrem Armband herum und starrte einen Fleck an der Wand an. Als wollte sie mir nicht in die Augen schauen.

»Du weißt ja, dass ich schon immer davon geträumt habe,

mal eine Weile im Ausland zu arbeiten«, sagte sie. »Dort helfen zu können, wo meine Hilfe wirklich gebraucht wird. Und jetzt habe ich das Angebot bekommen, nach Liberia zu gehen und dort ein Jahr für Ärzte ohne Grenzen zu arbeiten …« Ihr Blick flackerte ein wenig. »Ich habe das Angebot angenommen.«

Keiner von beiden sprach aus, worum es in Wirklichkeit ging. Aber mir war natürlich längst klar, dass das hier eigentlich ein Versuch war, sich probehalber zu trennen. Ohne dass irgendjemand davon erfahren würde und ohne dass sie es mir erklären mussten. Als wäre ich noch ein Baby.

Dabei wurde ich bald elf. Was dachten sie sich eigentlich? Dass ich nicht hörte, wie sie mit unterdrückten Stimmen stritten, wenn sie glaubten, ich würde schon schlafen? Dass ich nicht mitbekam, wie Mama sich auf den Balkon schlich, um heimlich zu rauchen, weil sie so aufgebracht war?

Nein, sie saßen auf meiner Bettkante und schwindelten sich durch die Zerstörung unserer Familie.

Und ich? Zählte ich etwa gar nicht? Man sollte nicht ans andere Ende der Welt ziehen, wenn man ein Kind hat. Und man sollte auch nicht lügen, wenn es darum geht, was der wahre Grund dafür ist.

Ja, ich war wütend auf Mama. Wütend, weil sie abgehauen war. Weil sie sich gedrückt hatte. Weil sie uns verlassen hatte.

Mich verlassen hatte. Aber gleichzeitig vermisste ich sie so sehr, dass es wehtat, das war das Seltsame daran. Und Papa vermisste sie auch, obwohl er mir gegenüber versuchte, sich nichts anmerken zu lassen.

Nun weißt du ja, dass ich einen magischen Wunschzettel gefunden hatte, und deshalb ahnst du bestimmt auch schon, wie alles zusammenhängt – die Sache mit dem Zettel und dass Papa und ich wollten, dass Mama nach Hause kam.

Aber jetzt nehme ich die Ereignisse schon vorweg, darauf komme ich ja später noch zurück. Denn erst muss ich von Wolke erzählen.

Ich wusste nicht, wie ich sie wiederfinden sollte. Ich hoffte einfach, sie würde irgendwie wieder auftauchen. Sonst hätte sich der Wunsch ja nicht erfüllt.

Nachdem also ein paar Tage vergangen waren, ohne dass ich auch nur einen Hauch von Wolke zu Gesicht bekommen hatte, dachte ich, das Ganze wäre vielleicht doch nur ein Zufall gewesen.

Aber gerade, als ich mir selbst eingeredet hatte, dass das alles nur Einbildung gewesen war, sah ich sie wieder.

Ich war auf dem Weg zum Einkaufen, als es passierte. Es hatte den ganzen Tag geschneit, und die Welt sah watteweich aus, ganz sauber und weiß.

Sie stand mit dem Rücken zu mir. Trotzdem erkannte ich

sie sofort. Ihr gestreifter Schal leuchtete im Schnee, und sie hielt einen schwarzen Hund an der Leine.

Mein Herz machte einen Satz.

Wolke. Das Mädchen mit den Glitzeraugen. Das mich umarmt hatte und nach Pfefferkuchen duftete.

Sie beugte sich nach unten und streichelte den Hund, der kurz bellte und ihr Gesicht beschnupperte. Dann richtete sie sich auf und lief los, am Wasser entlang.

Sollte ich zu ihr gehen? Nein! Oder doch? Was sollte ich sagen? Fragen, was sie hier machte? Ob sie vielleicht in der Nähe wohnte? Nee. Was, wenn sie sich wegdrehte und genervt aussah? Oder mich auslachte?

Ich folgte ihr, ohne sie aus den Augen zu lassen. Aber dann fuhr ein Auto direkt auf mich zu, und ich war gezwungen, auf den Bürgersteig zu springen. Als ich mich wieder umdrehte, war Wolke nicht mehr zu sehen.

Wahrscheinlich war sie am Ende des Häuserblocks abgebogen. War sie vielleicht in Richtung Strandpromenade gegangen?

Mit schnellen Schritten lief ich los. Ja, da war sie! Sie schlenderte langsam weiter, und der Hund rannte an der Leine hin und her und schnüffelte an den Schneewehen und an den Stämmen der kahlen Weiden.

Aber Moment mal – was, wenn sie sich umdrehte? Was

würde sie denken, wenn sie mich bemerkte? Würde sie verstehen, dass ich ihr gefolgt war?

Ich sah mich hastig um, dann duckte ich mich hinter ein Auto, das am Straßenrand parkte.

Aber so kam ich mir ziemlich albern vor. Erst folgte ich ihr, und dann versteckte ich mich vor ihr. Wenn sie sich jetzt umdrehte und mich geduckt hinter einem Auto entdeckte, musste das ja total komisch aussehen.

Als würde ich sie verfolgen.

In der dicken Jacke wurde mir langsam heiß, und ich fing an zu schwitzen. Die Mütze juckte.

Warum konnte ich nicht einfach normal sein? Dann würde ich zu ihr hingehen und »Hallo« sagen. Aber was sollte ich jetzt tun? Sie einholen? Ihren Namen rufen?

Auf einmal war ich mir überhaupt gar nicht mehr sicher, was diesen Wunschzettel betraf. Bestimmt war es nur ein Zufall gewesen, dass Wolke an unserer Tür geklingelt hatte. Und der Obdachlose war bestimmt nur ein ganz gewöhnlicher Obdachloser gewesen und der Wunschzettel nur ein gewöhnlicher Zettel.

Und überhaupt – wieso hätte der Kerl mir einen magischen Wunschzettel überlassen sollen? Wenn er obdachlos war, dann hätte er ihn doch garantiert selbst behalten, um sich Essen, Kleidung und so was zu wünschen. Es sei denn, er war in Wirklichkeit jemand ganz anderes und hätte sich nur verkleidet.

Als ich Wolke fast den ganzen Weg bis zur Sankt-Eriks-Brücke nachgelaufen war, hörte ich Stimmen. Zwei Jungs in dicken Winterjacken kamen auf mich zu. Da blieb mir nichts anderes übrig, als stehen zu bleiben und mit einem Stock am Boden herumzustochern, um möglichst normal auszusehen und nicht wie jemand, der zwischen Bäumen und Autos herumschlich, Mädchen beobachtete und über geheimnisvolle Zettel nachdachte.

Als die Jungs an mir vorbei waren, war Wolke verschwunden.

Ich lief an der Brücke auf und ab, suchte sie zwischen den Häusern, ich suchte sie überall.

Aber sie war weg.

Da ging ich nach Hause und dachte, dass ich sie bestimmt nie wiedersehen würde.

8.

Es vergingen einige Tage, und ich war wirklich überzeugt, dass die Sache mit dem Wunschzettel und Wolke nur ein Zufall gewesen war. Dass ich mir das Ganze bloß eingebildet hatte.

In der Schule war alles wie immer. In der Pause blieb ich drinnen und las, während die anderen draußen waren, und Maggan guckte genervt, wenn sie aus dem Lehrerzimmer kam und sah, wie ich einsam im Klassenzimmer saß.

Sie kam zu mir und stellte sich direkt neben meinen Tisch, die Arme verschränkt, den Kopf schräg gelegt. »Ein bisschen Eigeninitiative würde dir bestimmt helfen, Noel«, sagte sie mit zuckersüßer Stimme.

Ich schaute sie an, aber ich sagte nichts dazu, sondern zuckte nur mit den Schultern.

»Du könntest doch wenigstens mal versuchen, jemanden zum Spielen zu finden. Die anderen spielen draußen Fußball. Willst du sie nicht fragen, ob du mitmachen kannst?« Sie lächelte schnell.

Ich schüttelte langsam den Kopf. »Keine Lust«, sagte ich und konzentrierte mich wieder auf mein Buch.

Warum hörte sie nicht endlich auf, mich zu bedrängen? Warum musste sie immerzu in dem Empfindlichsten und Traurigsten herumbohren, dem Allerprivatesten? Konnte sie mich nicht einfach in Ruhe lassen? Warum werden Erwachsene so nervös, wenn man nicht »dazugehört«? Warum wollen sie unbedingt, dass man genauso ist wie alle anderen?

Sogar wenn man gut in der Schule ist, muss man auf die richtige Art gut sein. Wie Alex, der von allen Jungen die sauberste Schrift hat und der Beste in Mathe ist. Er hat immer einen aufgeräumten Platz und zieht die Striche im Matheheft mit dem Lineal.

So bin ich nicht. Ich vergesse meine Hefte mit den Hausaufgaben zu Hause oder in der Schule, und immer wenn ich ein neues Heft anfange, denke ich, dass ich dieses Mal nur noch mit meiner allerschönsten, ordentlichsten Schrift schreibe, aber das klappt nie.

Vielleicht konnte Maggan mich deshalb nicht leiden? Weil ich mich nicht genug anstrengte und nicht ordentlich genug war? Oder lag es daran, dass sie mich altklug fand, wie sie es ausgedrückt hatte, als sie im Lehrerzimmer über mich geredet hatte?

Ich dachte viel darüber nach. Über das, was ich wohl falsch machte.

Meine Lehrerin in der alten Schule war zwar auch der Ansicht gewesen, dass ich ein bisschen zu chaotisch war, aber eben auch, dass mir »alles leichtfiel« und ich mich »gut ausdrücken konnte«. Sie hatte mich immer mit warmen Augen angelächelt und mich ab und zu gelobt.

In der alten Schule war ich in den Pausen nie allein gewesen, obwohl ich auch dort keinen besten Freund hatte.

Ich wünschte, ich wäre einer, der »das Leben mit links meistert«, wie ich mal irgendwo gehört hatte. Wie herrlich wäre es, so ein Junge zu sein!

Aber so war ich nicht. Ich war der mürrische Noel, der immer alles so schrecklich ernst nahm. Einschließlich Mamas, die einfach wegfuhren, Lehrerinnen, die genervt waren, und Papas, die heimlich weinten.

Ja, nichts hatte sich geändert, und ich gab langsam die Hoffnung auf, was den Wunschzettel betraf.

Aber dann kam der Tag mit der Turnhalle und den Schlüsseln.

Wir hatten eine Doppelstunde Sport, und seit ich auf die neue Schule ging, hasste ich den Sportunterricht. Die Turnhalle roch ekelhaft: nach alten Plastikmatten und Schimmel. Der Boden war kalt, in den Umkleideräumen zog es, und das Wasser in den Duschen war höchstens lauwarm.

»So, tut euch zu Zweierteams zusammen, und dann holt ihr die dicken Matten«, rief unserer Lehrerin, die alle nur Sport-Jenny nannten.

Sport-Jenny mit den schwungvollen Sportlehrerschritten und dem lila glänzenden Trainingsanzug war immer fit, immer fröhlich und immer frisch.

Ich fummelte am Gummibund meiner Shorts herum und sah mich um. In der alten Schule war ich nie übrig geblieben. In der alten Schule hatte der Sportlehrer nie gesagt, dass wir uns zu zweit zusammentun sollten, sondern hatte uns eingeteilt. In der alten Schule war alles … einfacher gewesen, besser!

Tim und Hugo schauten sich an und lachten. Stella und Saga nahmen sich natürlich an der Hand.

Am Schluss war nur noch ich übrig.

Alle anderen hatten jemanden gefunden. Wie immer.

Sport-Jenny kam mit federnden Schritten auf mich zu. »Na, Noel, bist du etwa noch allein?« Sie lächelte aufmunternd und tätschelte mir die Schulter.

Ich nickte und schaute auf den Boden. Meine Wangen glühten.

Ich hasste, hasste, hasste Sport. Zumindest in dieser ekelhaften neuen Scheißschule.

»Tja«, sagte Sport-Jenny, »dann müssen wir wohl eine Dreier-Gruppe bilden.« Sie nahm mich an die Hand, als wäre ich ein Kleinkind, marschierte zu Tim und Hugo und schob mich zu ihnen. »So, Jungs. Noel ist jetzt auch in eurer Gruppe. Los geht's.«

Ich starrte immer noch auf den Boden, schluckte und tat so, als würde ich nicht merken, wie Hugo Tim ansah, die Augen verdrehte und leise lachte.

Die ganze Sportstunde über machte ich alles, was von uns verlangt wurde. Ich baute Kästen und Matten für den Hindernisparcours auf, ging mit Tim und Hugo von Station zu Station, warf Medizinbälle, machte Schlusssprünge und Purzelbäume. Um keinen Preis wollte ich mir anmerken lassen, wie traurig ich war, weil ich übrig geblieben war. Nie im Leben.

Aber später unter der Dusche merkte ich, wie eine kleine warme Träne meine Wange hinunterkullerte. Na ja, ehrlich gesagt war es mehr als nur eine Träne. Zum Glück stand ich unter dem Wasser, sodass niemand etwas merkte.

Nach dem Sport war Mittagspause, und an diesem Tag gab es Kartoffelpuffer mit Preiselbeeren. Das Schlimmste, was man sich vorstellen kann. Als ich in der Schlange vor der Essensausgabe stand, dachte ich, dass dieser Tag wirklich der beste Beweis dafür war, dass mein Wunsch nicht in Erfüllung gegangen war.

Dachte ich …

9.

Wo war denn nur mein Schlüssel abgeblieben? Ich stand vor der Wohnungstür und suchte in meinem Rucksack. Ich wühlte zwischen Heften, alten Mandarinenschalen und ein paar zerknüllten Kaugummipapierchen herum. Schließlich kippte ich den ganzen Inhalt auf den Boden. Kein Schlüssel. In der Jacke vielleicht? Ich durchsuchte alle Taschen.

Nein, da war er auch nicht. Offenbar hatte ich ihn heute Morgen zu Hause vergessen. Typisch. Und dann ausgerechnet an diesem Tag, der sowieso schon so mies war.

Papa musste noch einige Stunden im Krankenhaus arbeiten. Und ich wusste, was er sagen würde, wenn ich ihn anrief: Er würde sauer werden und meckern, dass ich endlich mal lernen sollte, meine Sachen in Ordnung zu halten.

Papa, dem Ordnung doch so wichtig war. Der immer schon

abends die Kleider für den nächsten Tag rauslegte und der sein Handy, seine Schlüssel und wichtige Papiere perfekt organisiert aufbewahrte. Aber es half ja nichts. Auch wenn Papa sauer wurde, blieb mir nichts anderes übrig, als ihn anzurufen und zu fragen, ob ich mir seinen Schlüsselbund im Krankenhaus abholen konnte. Ich zog mein Handy aus der Tasche.

Auch das noch! Der Akku war leer. Wie sollte ich jetzt Papa erreichen? Die Nachbarn waren bestimmt noch bei der Arbeit. Aber vielleicht konnte ich zum Kiosk gehen und dort fragen, ob ich kurz telefonieren durfte?

Ich rannte die Treppe nach unten. Gerade als ich aus dem Haus stürmen wollte, stieß ich fast mit jemandem zusammen.

»Hallihallo.«

Ich kannte diese Stimme – und wie ich sie kannte!

Da stand sie.

Mit weißen Schneeflocken in den Haaren, den gestreiften Schal mehrmals um den Hals gewickelt.

»Hast du es eilig?«, fragte sie.

Ich merkte, wie ich bis zu den Ohrläppchen rot anlief. »Nein, ich … habe mich ausgesperrt«, stammelte ich. »Also, ich habe meinen Schlüssel vergessen«, fügte ich hinzu, aber gerade, als ich es sagte, hörte ich selbst, wie dumm das klang. Als ob sie das nicht auch so kapiert hätte.

»Ich meine …«, sagte ich schnell, »das ist natürlich die Definition für ausgesperrt sein, aber … Also ich komme nicht in die Wohnung. Weil ich mich ausgesperrt habe. Und deshalb keinen Schlüssel habe.« Meine Ohrläppchen fühlten sich an, als würden sie glühen.

Wolkes Mundwinkel dagegen zuckten ein bisschen, als würde sie gleich loslachen. »Dann komm doch mit zu mir.«

»Was?« Hatte ich richtig gehört? Wollte sie wirklich, dass ich mit zu ihr nach Hause ging? Ich bekam auf der Stelle weiche Knie.

Sie machte ein paar Schritte die Treppe hoch und winkte mir. Ich starrte sie an. Sie war auf dem Weg in mein Haus.

Wohnte sie etwa … hier? Hatte sie die ganze Zeit im selben Haus gewohnt wie ich? Und wieso hatte ich sie dann nicht schon öfter gesehen? Jetzt verstand ich gar nichts mehr.

»Warum stehst du denn noch da rum? Willst du mitkommen, oder bleibst du lieber vor der Tür sitzen, bis jemand nach Hause kommt?« Wolkes Augen funkelten herausfordernd.

»Nein, nein.« Ich versuchte, ein bisschen gleichgültig zu klingen, obwohl ich natürlich nichts lieber wollte, als sie zu begleiten. »Ich komme mit. Ich habe … eh nichts Besseres vor, nehme ich an.«

Und dann stolperte ich hinter ihr her.

10.

Es war wirklich seltsam: In der Wohnung über uns wohnte Wolke.

Ich wusste, dass jemand eingezogen war, denn ich hatte ja neulich erst den Umzugswagen vor unserem Haus gesehen. Aber seitdem hatte ich nicht mehr darüber nachgedacht.

Und jetzt wohnte sie ausgerechnet hier.

Wolke steckte den Schlüssel ins Schloss. »Wir sind noch nicht ganz fertig mit allem«, sagte sie und schob mit dem Fuß einen großen geflochtenen Sonnenhut beiseite.

In der Wohnung roch es geheimnisvoll. Nach Kräutern, Staub und altem Papier. Ein bisschen so wie in einem Antiquitätengeschäft oder in einer Bibliothek.

Der schwarze Hund kam schwanzwedelnd angestürmt und presste seine Schnauze an Wolkes Bein.

Ich beugte mich zu ihm und streichelte ihn. »Was ist das für eine Rasse?«, fragte ich und war sehr zufrieden mit mir, weil mir ein Satz eingefallen war, der nicht total idiotisch klang.

»Ein Schnauzer«, antwortete Wolke. »Sie heißt Kant«, fuhr sie fort und warf ihre Jacke auf einen Stapel Bücher.

Der Flur war total unordentlich. Es herrschte das reinste Chaos aus Kisten und Möbeln, die noch keinen Platz gefunden zu haben schienen. In einer Ecke stand ein altmodischer Globus, und zwischen Büchertürmen und Umzugskartons drängten sich ein antiker Vogelkäfig und ein paar zusammengerollte Teppiche.

Wolke winkte mich in die Küche. Da war es genauso durcheinander. Geblümtes Porzellan stapelte sich neben kleinen runden Vasen und jeder Menge geheimnisvollen Fläschchen, die auf dem Tisch und der Küchenarbeitsplatte herumstanden.

Aber Wolke schien das Tohuwabohu gar nicht zu stören. Sie nahm einen Stapel Teller vom Tisch und wischte ein paarmal mit dem Spüllappen darüber. »So«, sagte sie zufrieden. »Du hast doch bestimmt Hunger, oder? Ich habe jedenfalls welchen.«

Sie machte auf dem Herd Wasser heiß und holte Käse und ein kleines Töpfchen mit Marmelade aus dem Kühlschrank.

Vorsichtig setzte ich mich auf einen der Küchenstühle. Er klebte ein bisschen. Wolkes Eltern waren offensichtlich nicht so ordnungsliebend wie Papa.

Wolke kletterte auf einen Hocker und angelte eine große geblümte Blechdose vom Schrank. Sie streckte mir die Dose entgegen. »Hier. Nimm ein Peppernootje. Das ist eine Art Pfefferkuchen.«

»Danke.«

»Du trinkst doch Tee, oder?«, fragte sie, und ich nickte, obwohl ich ehrlich gesagt sonst nie Tee trinke, sondern immer heiße Schokolade. Aber Tee kam mir irgendwie erwachsener vor, genau wie Wolke.

Ich überlegte, was ich noch sagen könnte. Sollte ich sie etwas fragen? In welche Schule sie ging, vielleicht? Ob sie auch in der Fünften war? Sie sah so aus, als wäre sie ungefähr so alt wie ich, aber sicher war ich mir nicht. Oder sollte ich sie lieber fragen, wo sie gewohnt hatte, bevor sie hierhergezogen war?

Ich räusperte mich. »Wo hast du vorher gewohnt? Also, bevor du hierher nach Kungsholmen gezogen bist?«

»Hier und da und überall«, antwortete Wolke, die schon wieder auf dem Hocker balancierte, um an einen der oberen Küchenschränke zu kommen. »Zuletzt in Bolivien. Davor in Holland, Nordnorwegen und Neuseeland. Und noch woanders, aber da war ich noch ein Baby, und mir fällt gerade nicht ein, wie es heißt.«

Sie erzählte, dass sie in Bolivien in einem Dorf direkt am Meer gewohnt hatte, zusammen mit Menschen aus aller Welt.

»Meine Eltern sind Künstler. Eigentlich Hippies, aber sie mögen es nicht, wenn man sie so nennt«, sagte sie. »Sie können überall arbeiten, wo sie wollen. Wenn es ihnen irgendwo gefällt, dann bleiben sie da, bis sie das Gefühl haben, etwas Neues sehen zu wollen. Jetzt sind wir nach Schweden gekommen, um eine Erbschaft zu regeln und um ein Visum und ein paar andere wichtige Unterlagen zu organisieren. Aber wir wissen noch nicht, wie lange wir bleiben. Vielleicht ein paar Jahre, vielleicht ein paar Wochen.«

»Aber wie machst du es dann mit der Schule? Wenn du die ganze Zeit umziehst, meine ich?«

Wolke drehte sich zu mir um. »Ach, die Schule. Wir finden nicht, dass Kinder in die Schule gehen müssen«, sagte sie, und ich nahm an, dass sie mit »wir« ihre Eltern und sich selbst meinte. »Wir glauben, dass man das, was man braucht, auch allein lernen kann. In Bolivien gibt es keine Schulpflicht.«

»Dann bist du nie zur Schule gegangen?« Ich konnte nicht verhindern, dass ich ein bisschen vorwurfsvoll klang. Alle Kinder müssen in die Schule gehen, dass weiß doch jeder. »Kannst du dann überhaupt lesen und schreiben?«

Noch im selben Moment, als ich das sagte, fiel mir wieder ein, dass sie erzählt hatte, wie sehr sie *Die unendliche Geschichte* mochte, also war das gerade natürlich eine echt bescheuerte Frage gewesen.

Wolke lachte. Aber es war ein nettes Lachen. »Klar kann ich das. Ich liebe lesen und schreiben. Vielleicht werde ich Schriftstellerin, wenn ich erwachsen bin.« Sie lächelte und zuckte mit den Schultern. »Oder was anderes. Künstlerin vielleicht, so wie meine Eltern. Warte kurz, dann hole ich ein paar von meinen Zeichnungen und zeige sie dir.«

Sie kam mit einem Stapel bunter Blätter aus einem der anderen Zimmer zurück und breitete die Bilder vorsichtig auf dem Küchentisch aus.

»Wow«, flüsterte ich. »Du hast wirklich … Talent.«

Die Zeichnungen waren fantastisch. Sie waren total realistisch, fast wie Schwarz-Weiß-Fotografien. Auf den ersten Blick sah man nur ein langweiliges Geschäft, eine gewöhnliche Straße oder einen verregneten Fußballplatz, aber wenn man genauer hinsah, dann entdeckte man in jedem Bild etwas Übernatürliches. Einen Dinosaurier, der mit einem Schritt die Straße überquerte, einen Roboter oder ein funkelndes kleines Raumschiff, das über das Hausdach flog.

Aber das, was meinen Blick sofort fesselte, war ein anderes Bild – eine Bleistiftzeichnung, die aussah, als wäre sie noch nicht ganz fertig. Sie zeigte einen Mann, der Tüten voller Müll und Getränkedosen trug. Er hatte eine Pelzmütze auf und sah ziemlich zerzaust und zerlumpt aus.

Über seinem Kopf leuchtete ein Heiligenschein.

11.

Ich pfiff, während ich meinen Schlafanzug anzog und ins Bett kroch.

Dieses graue, traurige Gefühl, das ich den ganzen Tag gespürt hatte, war schon in dem Augenblick so gut wie verschwunden gewesen, als ich durch Wolkes Wohnungstür trat. Alles war so einfach mit ihr. Sie redete und lachte und erzählte von Büchern, die sie gelesen, oder Orten, die sie besucht hatte. Und sie schien mich kein bisschen langweilig oder komisch zu finden. Sie wollte sich am nächsten Tag mit mir treffen! Um mir ein Geheimnis zu zeigen, hatte sie gesagt.

Aber gerade, als ich am Einschlafen war, schoss sie mir plötzlich wieder durch den Kopf: die Zeichnung, die Wolke von dem Mann gemacht hatte. Schlagartig war ich hellwach.

War das derselbe Mann, den ich im Bus gesehen hatte? Und wieso hatte er dann einen Heiligenschein über dem Kopf? War das eine Art Zeichen? Sollte es mir zeigen, dass Wolke die Freundin war, die ich mir gewünscht hatte? Das alles war so seltsam.

Ich warf einen Blick unter mein Bett.

Doch, da lag es noch, das Totenkopfkästchen. Mein Wunschzettel war sicher verwahrt.

Ich machte es mir wieder bequem und zog die Decke bis zum Kinn. Im Wohnzimmer sang eine helle klare Stimme *Stille Nacht.* Papa sah sich bestimmt irgendeine Weihnachtssendung im Fernsehen an.

Eigentlich war es gar nicht so wichtig, wer dieser Alte war, dachte ich schläfrig und rollte mich zusammen. Ich hatte ja jetzt den Zettel. Meinen geheimnisvollen Wunschzettel. Und ich hatte Wolke.

Am nächsten Tag nach der Schule klingelte Wolke bei mir, genau wie sie versprochen hatte.

Unternehmungslustig stand sie vor der Tür und trippelte von einem Fuß auf den anderen. »Aber du darfst jetzt nicht zu viel erwarten«, sagte sie. »Es ist nur eine ziemlich coole Sache, von der ich glaube, dass sie dir gefallen wird. Ach ja, du solltest deine Jacke und Handschuhe anziehen.«

Wir fuhren mit dem Aufzug hoch bis zum Dachboden. Ich war bisher nur ein paar Mal hier oben gewesen, seit wir eingezogen waren. Ich mochte die Dunkelheit nicht, den staubigen Geruch und die düsteren Verschläge, die aussahen wie Gefängniszellen. Irgendwie fand ich es gruselig.

Wolke drückte auf den Lichtschalter, aber in den Leuchtstoffröhren unter der Decke tat sich nichts. Offenbar waren sie kaputt. Ich zog mein Handy aus der Jacke und machte uns stattdessen damit Licht.

»Was wollen wir hier? Holen wir etwas?«, fragte ich und fühlte mich ein bisschen unwohl, aber Wolke schüttelte nur den Kopf und ging weiter durch den Gang mit den Speicherabteilen.

Ganz hinten war eine Luke im Dach, an der eine ausklappbare Leiter befestigt war. Wolke schob eine alte Palette darunter und stellte sich darauf.

»Leuchte mal hierher«, sagte sie und versuchte, die Leiter nach unten zu ziehen.

Es knackte.

»Was macht ihr da?«, rief plötzlich jemand aus der Dunkelheit.

Schnell steckte ich mein Handy in die Tasche. Wolke sprang von der Palette, und wir kauerten uns geduckt an die Wand.

»Hallo? Ich habe doch was gehört? Es ist streng verboten, hier zu spielen!«

Der Lichtkegel einer Taschenlampe bewegte sich auf uns zu, und wir hörten Schritte, die näher kamen.

Ich kannte diese Stimme. Das war der Vorsitzende der Wohnungsgenossenschaft, ein mürrischer alter Mann, dem Papa und ich ab und zu im Aufzug begegneten. Er hatte sich bei Papa darüber beschwert, dass sich im Haus »irgendwelche Kinder herumtrieben«.

Ich drückte mich näher an Wolke. »Psst. Leise. Das ist der Vorsitzende von der Genossenschaft. Der Typ ist total cholerisch.«

Wolke versuchte, ein Kichern im Handschuh zu ersticken. »Ich kenne niemanden sonst, der so ein Wort benutzen würde«, flüsterte sie.

Und da spürte ich, wie nah sie war. Sie duftete ganz leicht nach diesem würzigen Pfefferkuchen, und ihre Haare kitzelten mir im Gesicht. Wolke war nicht nur spannend und anders, sie war auch noch … süß.

Ich wurde selbst ganz kicherig und musste mein Gesicht im Jackenärmel verstecken und mich echt beherrschen, um nicht loszuprusten.

»Reiß dich zusammen«, flüsterte Wolke. »Wenn er uns entdeckt!«

»Reiß dich selbst zusammen!«, flüsterte ich zurück.

Aber zum Glück verschwanden die Schritte wieder, und die schwere Dachbodentür fiel mit einem Knall zu.

Wolke stand auf und machte sich wieder an der Leiter zu schaffen. »Komm«, sagte sie. »Das muss einfach klappen.«

Mit lautem Scheppern rutschte die Leiter endlich nach unten, und kalte Luft strömte durch die Luke.

»Bitte sehr«, sagte Wolke. »Du zuerst.«

Ich kletterte vor ihr die wackelige Leiter hoch.

»Wow!«, platze ich heraus, als ich mich durch die Dachluke nach oben zog.

12.

Wir waren auf eine Dachterrasse geklettert.

Um uns herum breitete sich das glitzernde Winterstockholm aus. Ampeln, Autolichter und die vielen beleuchteten Fenster strahlten in den dunklen Himmel. Der Kanal war zugefroren und mit Schnee bedeckt, auf der anderen Seite des Ufers funkelte Schloss Karlberg weiß und majestätisch.

Ich schnappte nach Luft – es sah einfach so schön aus.

Wolke musterte meinen Gesichtsausdruck. »Ich wusste, dass es dir gefallen würde«, sagte sie zufrieden.

Wir machten ein paar Schritte nach vorn. Die Luft war kalt und klar, und der Schnee knirschte unter meinen Füßen. Sah das Geländer nicht ein bisschen wackelig aus? Ich blieb ein Stück davor stehen. Wir waren schwindelerregend hoch oben, die Autos unten auf der Straße sahen aus wie Spielzeug.

Aber Wolke schien keine Höhenangst zu haben. Sie stapfte zum Geländer und hielt sich mit beiden Händen daran fest.

»Woher wusstest du, dass man hier rausgehen kann?«, fragte ich, immer noch mit respektvollem Abstand zum Geländer.

»Wir wohnen in der alten Wohnung meiner Oma. Sie hat mal erzählt, dass sie früher im Sommer hier oben Krebsessen veranstaltet haben. Aber irgendwann ging das Geländer kaputt, und es war wohl zu teuer, es wieder richten zu lassen. Deshalb hat der cholerische Vorsitzende allen verboten, hier rauszugehen.«

Wolke lächelte und machte ein paar Schritte zurück, bis sie neben mir stand. »Hast du Höhenangst?«

»Nein, nicht direkt. Aber es ist … vielleicht nicht unbedingt nötig, ganz vorn am Rand zu stehen.«

Wir schwiegen eine Weile und bewunderten die Aussicht. Unser Atem dampfte.

»Wir werden wahrscheinlich eine Weile in Stockholm bleiben«, sagte Wolke. »Es müssen eine ganze Menge Sachen geregelt werden, mit dem Erbe von Oma. Und nachdem hier in Schweden Schulpflicht ist …«, sie sah mich von der Seite an. »… werde ich wohl irgendwo hier in der Nähe zur Schule gehen.«

Mein Herz machte einen Satz. Was, wenn ... Wolke an meiner Schule anfangen würde? Das wäre fast zu toll, um wahr zu sein.

»Wie ist deine Schule?«, fuhr sie fort, gerade so, als hätte sie meine Gedanken gelesen.

Ich zögerte ein bisschen. »Na ja ... vermutlich ist sie ganz in Ordnung. Aber ich bin ja auch noch nicht lange da, erst ein halbes Jahr. Und ich habe auch noch nicht ... so viele kennengelernt. Ich habe sozusagen noch keine Freunde.« Ich schluckte und warf ihr einen verstohlenen Blick zu. Würde sie mich jetzt doof finden? Ein komischer, einsamer Typ, der keine Freunde hatte?

Aber sie sagte nichts in diese Richtung, sondern nickte nur ernst.

»Schau mal!«, sagte Wolke plötzlich und zeigte in den Himmel. »Eine Sternschnuppe. Als ich klein war, dachte ich, man könnte sich etwas wünschen, wenn man eine Sternschnuppe sieht.«

»Ich auch. Aber warum eigentlich? Es ist doch nur ein Meteor, der in die Atmosphäre eintritt.« Es pikste in meinem Herzen. Mama hatte mir das beigebracht, als ich klein war. »Na ja. Was wissen wir schon«, sagte ich.

»Genau, was wissen wir schon«, sagte Wolke. »Wir wissen ja nicht mal, ob unser Universum das einzige ist, das es gibt.

Es ist nur eine Theorie. Es könnte mehrere Universen geben, mit anderen Naturgesetzen als unseren.«

Ich wusste, dass das stimmte, ich hatte mal eine Fernsehsendung darüber gesehen. Eine Gruppe ernster Männer und Frauen in grauen Kostümen hatte über Paralleluniversen gesprochen und über etwas, das Stringtheorie hieß. Aber abgesehen von den Physikern und Astronomen im Fernsehen, hatte ich noch nie jemanden darüber reden hören. Erst recht niemanden, der so alt war wie ich. Einem Mädchen wie Wolke war ich wirklich noch nie begegnet.

»Woher weißt du das?«, fragte ich.

»Man lernt eine Menge Sachen, wenn man nicht in die Schule geht«, sagte Wolke grinsend. »Das zeichne ich übrigens am liebsten: wie zwei Welten oder zwei Universen aufeinandertreffen. Ich stelle mir gerne vor, dass so etwas passieren könnte.«

Ich schwieg und dachte darüber nach, was sie eben gesagt hatte. Stammten der alte Mann und der Wunschzettel womöglich … aus einer anderen Welt? Oder aus einem anderen Universum?

Auf einmal bekam ich große Lust, Wolke von dem Wunschzettel zu erzählen. Das Bild des Mannes, das sie gezeichnet hatte … vielleicht war sie ihm ja irgendwo begegnet?

»Du, diese Zeichnung von dem alten Mann mit dem Heiligenschein …«, setzte ich an.

Aber da wurde mir plötzlich bewusst, dass ich ihr auch erzählen musste, was ich mir gewünscht hatte, wenn ich ihr das Geheimnis des Wunschzettels verriet: nämlich sie. Und das würde ziemlich komisch klingen. Als wären wir füreinander bestimmt oder so was Peinliches. Das konnte ich nicht sagen. Das würde ja jeden verjagen.

»Ja? Was ist mit dem Bild?« Wolke drehte sich zu mir um und wartete darauf, dass ich weiterredete.

Da beschloss ich schnell, lieber doch nichts von dem Wunschzettel zu erzählen. Ich traute mich nicht. »Wer ist das … dieser Mann auf dem Bild?«, fragte ich stattdessen.

Wolke zuckte mit den Schultern. »Ein Typ, den ich mal auf dem Odenplatz gesehen habe. Und irgendwie kam ich auf die Idee, ihm einen Heiligenschein zu malen, als wäre er magisch oder heilig oder so. Als käme er aus einer anderen Welt. Ich finde Transzendenz und solche Sachen ja spannend. Dass etwas da ist, was wir nicht sehen.«

Transzendenz. Das Wort hatte ich noch nie gehört, das musste ich in meinem Wörterbuch nachschlagen, sobald ich zu Hause war. Ich musste mir selbst eingestehen, dass ich beeindruckt war, ja, fast ein bisschen eifersüchtig, weil Wolke ein Wort kannte, das mir noch nie begegnet war.

»Ich kenne niemanden, mit dem man über Paralleluniversen reden kann«, sagte Wolke und machte einen Schritt auf mich zu.

Ich nickte und merkte wieder dieses Kribbeln im Bauch.

»Außer dir natürlich«, sagte Wolke. Und dann streckte sie ihre behandschuhten Finger aus und nahm meine Hand in ihre.

»Seid ihr denn von allen guten Geistern verlassen, Kinder? Was ihr da macht, ist total verboten!«

Der Vorsitzende streckte sein grimmiges Gesicht durch die Luke.

Er hatte uns doch noch gefunden.

»Ach herrje! Das wussten wir ja gar nicht. Kommt ganz bestimmt nicht wieder vor. Versprochen«, sagte Wolke und zwinkerte mir zu.

Als ich an diesem Abend nach Hause kam, trug ich einen warmen, hellen Schimmer in mir. Ich schlug *Transzendenz* im Wörterbuch nach. Es bedeutete: jenseits der Grenzen des Bewusstseins, magisch oder grenzüberschreitend.

Und in mein rotes Notizbuch schrieb ich folgende Worte:

Winterstraße
Transzendenz

Sternschnuppe
Wolkenzart

Aber schon am nächsten Tag passierte das mit dem Gedicht, und ab da war alles anders. Oder vielleicht sollte ich besser sagen: Ab da ging es bergab.

13.

Am nächsten Tag beim Mittagessen piepste mein Handy. Eine SMS von Mama.

Ziemlich viel los zurzeit, schwierig anzurufen. Aber bald ist Weihnachten, dann sehen wir uns. Kuss, Mama.

Ich seufzte.

Ich versuchte mir vorzustellen, wie Mama in einem Zeltkrankenhaus in der Hitze schuftete. Verschwitzte, müde, kranke und blutende Menschen, die in langen Schlangen warteten. Es war bestimmt gut, die Welt zu retten, keine Frage. Aber ich war ihr Kind. Ich sollte bei ihr an erster Stelle stehen. Oder nicht?

Ich warf einen Blick auf die Uhr – ich musste los zum Bus. Wir sollten heute das Gedicht vortragen, an dem wir letzte Woche gearbeitet hatten. Maggan hatte uns alte Verse und

Lieder aus einer dicken Gedichtsammlung lesen lassen, und dann hatten wir die Aufgabe bekommen, selbst ein Gedicht zu schreiben, das sich reimte.

Jetzt im Rückblick schäme ich mich, wenn ich daran denke. Dass ich so dumm war, mir einzubilden, ich könnte jemanden mit einem Gedicht beeindrucken.

Aber die Sache war eben die, dass meine alte Lehrerin mich immer gelobt hatte, wenn wir etwas schreiben sollten. Manchmal hatte sie meine Aufsätze sogar der Klasse vorgelesen, und das war ein richtig tolles Gefühl gewesen. Als könnte ich etwas wirklich gut, als wäre ich etwas Besonderes.

Einmal schrieb ich lustige kleine Verse über die Kinder in meiner alten Klasse, und an dem Tag nannte mich jemand »der Poet«. Nicht gemein, sondern eher bewundernd.

Vielleicht hatte ich mir deshalb vorgestellt, dass es auch dieses Mal so funktionieren könnte. Dass mich jemand sehen würde.

Als ich an der Reihe war, an die Tafel zu kommen und mein Gedicht vorzutragen, war ich nervös und fummelte an dem Blatt herum, das ich in der Hand hielt. Aber nach den ersten Zeilen spürte ich, wie meine Stimme fester wurde, und ich las laut und lebendig vor.

»Donner

Wind fegt durch die Bäume,
der Wald erzittert leis.
Der Himmel wird immer dunkler,
die Wolken sind längst nicht mehr weiß.

Ein Blitz erhellt den Himmel,
ein Zweig unter Hufen zerbricht.
Eine Taube flattert ängstlich,
geweckt vom grellen Licht.

So schnell, wie es gekommen,
so schnell ist es vorbei.
Was bleibt, ist ein dunkles Vermächtnis,
ein Baum, geteilt in zwei.

In der Stille der Nacht erklingt
eine traurige Melodie –
die Regentropfen singen
ihre seltsame Symphonie.«

Alle saßen schweigend da. Hugo kicherte leise. Stellas Stuhl kratzte über den Boden.

Und Maggan sagte: »Ja, Noel, schön. Aber ihr hattet die Aufgabe, selbst ein Gedicht zu schreiben und nicht das eines anderen vorzutragen.«

Mir wurde eiskalt. »Aber ich habe …«, setzte ich wie gelähmt an. Ich konnte kaum protestieren. Ich war so verdutzt.

Bevor ich noch mehr sagen konnte, klatschte Maggan in die Hände und drehte sich um. »So, wer ist als Nächstes dran?«

Und ich konnte gehen und mich wieder an meinen Platz setzen. Mit feuerroten Wangen und voller Enttäuschung, die im ganzen Körper pochte.

In der Pause stand ich da und starrte über den Schulhof. Ich ballte die Fäuste und spürte, wie der Zorn in mir brodelte. Maggan hatte gedacht, ich hätte das Gedicht abgeschrieben. Aber so war es nicht! Ich hatte ein Reim-Lexikon benutzt, war das geschummelt? Nein, ich hatte mir einfach nur ein paar Ideen besorgt, welche Worte sich worauf reimten. Das eigentliche Gedicht war mein eigenes. Ich hatte nicht geschummelt, und trotzdem hatte Maggan das behauptet, noch dazu vor der ganzen Klasse.

Ich hasste sie. Ich hasste Maggan, die Schule und dass wir umgezogen waren.

Die ganze Traurigkeit und Wut brach über mir zusammen.

Warum war ich immer so dumm und komisch? Warum konnte ich nicht einfach sein wie alle anderen?

Was hatte ich denn erwartet? Dass jemand von einem albernen Gedicht beeindruckt sein würde? Von dem dazu noch alle zu glauben schienen, dass ich es gar nicht selbst geschrieben hatte?

Ich schnaubte.

Aber dann fiel mir der Wunschzettel ein, und ich wusste, dass es an der Zeit war, ihn ein zweites Mal zu benutzen.

Ich wusste auch schon genau, was ich mir wünschen würde.

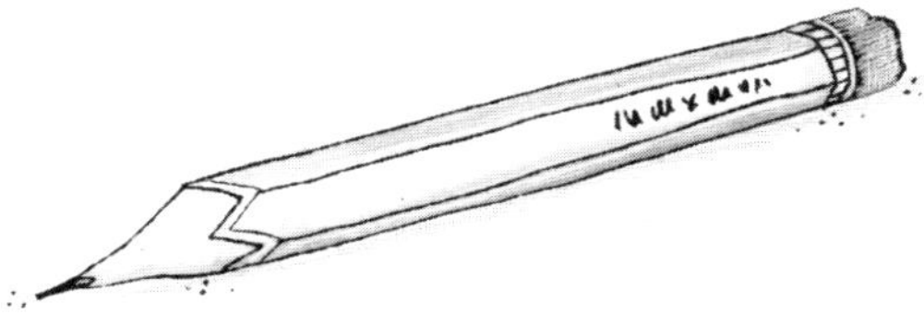

14.

Als ich nach Hause kam, rannte ich sofort in mein Zimmer. Ich kniete mich auf den Boden, zog das schwarze Totenkopfkästchen aus seinem Versteck und nahm den Wunschzettel heraus.

Jetzt würde ich es ihnen heimzahlen! Jetzt würde ich es ihnen wahrhaftig zeigen! Maggan und allen anderen!

Ich will, dass Maggan mich mag, schrieb ich.

Dann dachte ich einen Moment nach. Nee, das wollte ich eigentlich überhaupt nicht. Ich mochte Maggan nicht, sie war falsch und gemein! Sie tat so, als würde sie sich um mich kümmern, und schleimte sich mit zuckersüßer Stimme ein, aber dann lästerte sie im Lehrezimmer über mich und behauptete vor der ganzen Klasse, ich würde betrügen. Ich schäumte vor Wut, wenn ich nur daran dachte.

Nein, der würde ich es zeigen. Und wie.

Und dann radierte ich aus, was ich auf den Zettel gekritzelt hatte, und schrieb stattdessen: *Ich will einen anderen Lehrer haben.*

Als ich am nächsten Tag in die Schule kam, spürte ich sofort, dass irgendetwas anders war. Man merkte es an dem Gemurmel in der Eingangshalle, alle waren aufgeregt und laut.

Tim und Hugo spielten Hockey mit einer nassen schmutzig grauen Mütze, und Stella und Saga standen kichernd neben der Toilettentür und hatten knallrote Köpfe.

Die Tür zum Klassenzimmer war zu und abgeschlossen, Maggan war weit und breit nirgends zu sehen.

Nach einer Weile kam Sport-Jenny und sagte, wir sollten ins Klassenzimmer gehen und erst mal in unseren Büchern lesen. Maggan war – Jenny machte eine Pause – na ja … heute nicht da. Ein Vertretungslehrer wäre auf dem Weg, aber das würde noch mindestens eine halbe Stunde dauern.

Wir setzten uns an unsere Plätze, genau wie Sport-Jenny gesagt hatte, und ich schlug mein Buch auf. Aber ich konnte mich nicht richtig konzentrieren. Mein Mund war ganz trocken.

Hatte es wirklich ein zweites Mal funktioniert?

Wo war Maggan, und was war mit ihr passiert?

»Warum hat sie nicht gesagt, was mit Maggan ist?« Stella und Saga tuschelten miteinander.

»Vielleicht ist sie schwer krank?«

»Vielleicht ist ihr Mann gestorben?«

Jetzt flüsterten und tuschelten alle in der Klasse und fragten sich, welche Schrecklichkeiten und Unfälle Maggan zugestoßen sein könnten. Krebs? Ein Autounfall? Wieso hätte Jenny sonst so verschwiegen und geheimnistuerisch sein sollen?

Mein Magen verkrampfte sich. Es war doch hoffentlich nichts Schlimmes mit Maggan passiert? Und wenn doch, dann war ich doch bestimmt nicht der Grund dafür? Nur weil ich mir einen anderen Lehrer gewünscht hatte?

Ich hielt mich an meinem Tisch fest. Alles um mich herum schien zu schwanken.

Ich hatte mal von einem Mann gelesen, der einen Pakt mit dem Teufel geschlossen hatte und fortan alles bekam, was er sich wünschte, aber der Teufel holte sich dafür seine Seele.

Ich sah den Alten aus dem Bus vor mir. Die braunen Flecken an den Händen, seine fettigen Haare und schmutzigen Kleider.

Woher hätte ich wissen sollen, wer er war?

Woher hätte ich wissen sollen, was es für Folgen haben würde, wenn ich auf diese Weise etwas ändern wollte?

Und erst da ging es mir auf: An dem Tag, an dem Wolke an meiner Tür geklingelt hatte, da hatte Papa erzählt, dass er beinahe einen Zusammenstoß gehabt hätte. Mit einem Umzugswagen.

Das konnte natürlich nur Wolkes Umzugswagen gewesen sein.

Hätte ich mir keinen Freund gewünscht, wäre Wolke nicht in unser Haus gezogen. Wäre Wolke nicht in unser Haus gezogen, hätte der Laster nicht auf der Straße gestanden. Und dann hätte Papa auch nicht um ein Haar einen Unfall gebaut.

Die Gedanken schwirrten in meinem Kopf hin und her. War es möglich, dass jeder meiner Wünsche irgendwo anders etwas bewirkte, mit dem ich nicht gerechnet hatte?

Oder trat sogar jedes Mal etwas Schlimmes ein, wenn ich den Wunschzettel benutzte? Steckte eine finstere Absicht dahinter?

Ich schloss die Augen. Nein, das konnte nicht sein.

So etwas Schreckliches konnte einfach nicht wahr sein. Dann wäre der Alte im Bus kein normaler Mann gewesen, sondern jemand Böses.

Plötzlich hatte ich am ganzen Körper Gänsehaut:

Denn wenn der alte Mann im Bus böse war und gleichzeitig dafür sorgen konnte, dass magische Dinge passierten, wer war er dann?

15.

Ich musste versuchen, mich zu beruhigen. Es gab bestimmt eine logische Erklärung für alles. Ich musste jetzt aufhören zu grübeln und versuchen, an etwas anderes zu denken. Reiß dich zusammen, Noel, reiß dich zusammen. Ich starrte auf die Tischplatte und versuchte, ruhig zu atmen.

Und dann betrat der Vertretungslehrer das Klassenzimmer. Er trug giftgrüne Turnschuhe, ausgebeulte Jeans, und die blonden Haare hatte er zu einem unordentlichen Zopf im Nacken zusammengenommen.

»Hi«, sagte er und hob die Hand zu einem lässigen Winken. Er setzte sich auf Maggans Pult.

Das sah ein bisschen albern aus, fand ich, nach »Schaut mal, ich bin jugendlich und toll, ich sitze auf der Pultkante, statt mit dem Zeigestock vor der Tafel zu stehen«.

Er stellte sich als Fredrik vor und schrieb mit ziemlich schlampiger Handschrift seinen Namen an die Tafel. Er erzählte, dass er eigentlich Lehrer für die Oberstufe war und normalerweise Schwedisch und Englisch unterrichtete, aber dass er zurzeit als Vertretungslehrer für die Mittelstufe arbeitete. Maggan war zu ihrer kranken Mutter gefahren und würde eine Weile ausfallen.

Ich atmete mit einem lauten Seufzen auf, so laut, dass Stella sich umdrehte und mich böse anguckte.

Aber das war mir egal. Maggan war nichts Schlimmes zugestoßen.

Ihre Mutter war schon lange krank, das wusste ich, weil sie schon ein paar Mal davon gesprochen hatte. Dafür konnte ich unmöglich verantwortlich sein.

Ich muss mit Wolke darüber reden, dachte ich. Ich muss ihr von dem Zettel erzählen und von dem Kerl mit dem Goldzahn, sie wird es bestimmt verstehen. Vielleicht konnten wir das Mysterium ja gemeinsam lösen. War es denn nun ein magischer Wunschzettel oder nicht?

»Ich dachte mir, wir lassen den normalen Stundenplan heute mal beiseite …«

Vertretungs-Fredrik hatte seinen Satz noch nicht zu Ende gesprochen, als Tim schon jubelte und klatschte.

Fredrik verlor kurz den Faden, aber dann lächelte er Tim

an und fuhr fort: »Na ja, es wird nicht ganz so, wie du dir das jetzt vorgestellt hast«, sagte er. »Ich würde euch alle gerne kennenlernen, und das funktioniert am besten, wenn ihr einen Text schreibt, den ich dann einsammle.«

Jetzt buhte Tim leise, aber da stand Fredrik auf und sah ihn streng an, so streng, dass Tim sofort aufhörte.

Fredrik drehte sich zur Tafel und nahm die Kreide. »Ihr bekommt eine Überschrift von mir«, sagte er. »Eine Überschrift, die man unterschiedlich interpretieren kann. Sie lässt euch Raum für eine spannende Geschichte, aber gleichzeitig auch für ein paar philosophische Überlegungen.« Er fing an zu schreiben.

»*Was wir nicht sehen können* – das ist unser Thema des Tages. Ihr könnt schreiben, was ihr wollt, solange es zur Überschrift passt, und ich erwarte mindestens eine A4-Seite.«

Ich schaute zur Tafel. Er hatte »philosophisch« falsch geschrieben, da stand »phillosophisch«. Das nenne ich Ironie: ein Schwedischlehrer, der beim ersten Satz in einer neuen Klasse gleich einen Rechtschreibfehler macht.

Ich meldete mich.

»Ja?«, Fredrik nickte mir zu.

Aber da überlegte ich es mir schnell anders. Es wäre fies, Fredrik vor der ganzen Klasse zu blamieren. Er wirkte ja eigentlich ganz nett.

Deshalb nickte ich nur zur Tafel, damit er selbst merkte, dass da was nicht stimmte. Fredrik drehte sich um und bemerkte das falsch geschriebene Wort. Er zuckte zusammen, lief ein bisschen rot an und wischte das zweite L mit dem Zeigefinger weg. »Danke«, formte er stumm mit den Lippen und zwinkerte mir zu.

Ich nahm meinen Block und einen Stift. Ich wusste schon, worüber ich schreiben würde. Ich sah Wolke vor mir, wie sie auf der Dachterrasse stand, die Hände fest um das Geländer gelegt, den Blick in den Himmel gerichtet.

Und ich schrieb:

Was wir nicht sehen können
von: Noel Sandström, 5b

Ein Fisch, der im Meer schwimmt, hat noch nie Land gesehen. Deshalb glaubt der Fisch nicht daran, dass es Land gibt. Der Fisch kann sich nicht vorstellen, dass es einen Strand gibt, Schnee, Berge und Bäume.

Wir Menschen leben auf der Erde, in einer Galaxis, die Milchstraße heißt, in einem Raum, den wir Universum nennen. Wir können uns nicht vorstellen, dass es etwas anderes gibt, etwas, das wir nicht sehen.

Aber wir lernen immer mehr über die Welt, in der wir

leben. Heutzutage glauben die Forscher, dass es mehrere parallele Universen geben könnte. Vielleicht gibt es sogar ein Paralleluniversum hier auf der Erde, mitten unter uns, obwohl wir es nicht sehen können? Vielleicht gibt es ein Tor zu diesem Universum, und mit etwas Glück entdecken wir einen Schrank, einen Flaschengeist, einen Aufzug oder einen Bahnsteig, der uns in diese Welt bringen kann.

Oder vielleicht kann sich etwas aus einem anderen Universum in unsere Welt bewegen? Vielleicht taucht hier und da etwas aus einer anderen Welt auf und beeinflusst unser Leben auf der Erde?

In der Philosophie nennt man dieses Phänomen Transzendenz. In der Religion nennt man es Gott. Andere nennen es Magie oder ein Wunder.

Mir gefällt dieser Gedanke: Dass es eine dünne Haut zwischen unserer Welt und einer anderen gibt und dass diese Haut manchmal Risse bekommt und eine andere Wirklichkeit sichtbar macht.

Eine Wirklichkeit, die wir normalerweise nicht sehen können, die aber trotzdem da ist.

16. Als ich aus der Schule nach Hause kam, klingelte ich sofort bei Wolke. Ich musste ihr von dem Wunschzettel erzählen, ich konnte dieses Geheimnis nicht länger allein mit mir herumtragen. Wolke würde es verstehen, das wusste ich. Sie würde mich nicht auslachen oder albern finden.

Vielleicht konnten wir zusammen versuchen, den Alten zu finden? Wenn wir ihn zu fassen bekamen, dann müsste er uns doch erklären können, wie alles zusammenhing.

Aber wie findet man einen Stadtstreicher, von dem man nicht mal den Namen weiß? Konnte man in der Obdachlosenunterkunft anrufen und fragen, ob jemand einen Mann mit einem Goldzahn und einer Mütze mit Ohrenklappen gesehen hatte? Vielleicht hatte Wolke eine Idee. Zusammen fiel uns bestimmt eine Lösung ein.

Aber obwohl ich mehrmals klingelte und eine Ewigkeit wartete, machte niemand auf.

Als ich wieder in unserer Wohnung war, rief Papa mich ins Wohnzimmer. Er lag auf dem Sofa vor dem Fernseher und fragte, ob ich mir zusammen mit ihm eine neue Krankenhaus-Serie ansehen wollte.

Auf dem Tisch stand ein Teller mit Pfefferkuchen und Weihnachtslimo. Es sah sehr gemütlich aus. Es schien so, als hätte er sich wirklich darauf gefreut, zusammen mit mir fernzusehen.

Aber ich konnte trotzdem an nichts anderes denken als an den Zettel, den alten Mann, das Universum und Wolke.

»Über uns sind neue Leute eingezogen«, sagte ich.

Papa schien gar nicht richtig hinzuhören, sondern nickte nur energisch in Richtung Fernseher. »So darf man auf keinen Fall eine Computertomografie machen«, sagte er. »Dass die so was vorher nicht prüfen, wenn sie ein Drehbuch schreiben.«

Das war so typisch Papa. Er wollte immer Krankenhaus-Serien gucken, aber dann saß er nur da und beschwerte sich darüber, was alles falsch war, und schimpfte, dass es in dem Krankenhaus, in dem er arbeitete, aber garantiert nie so zugehen würde.

»Papa …?« Ich unternahm einen neuen Versuch. »Glaubst du, dass es Dinge gibt, die wir nicht sehen?«

»Die wir nicht sehen?«, antwortete Papa, den Blick immer noch fest auf den Fernseher gerichtet. »Was meinst du?«

»Ich meine …« Sofort kam ich mir wieder ein bisschen albern vor. »… eine andere Welt oder so. Eine andere Dimension.«

Papa räusperte sich. »Na ja, also wenn man religiös ist, dann glaubt man ja, dass es einen Gott gibt, den wir nicht sehen. Aber das ist … Hokuspokus. Genau wie Horoskope und solche Sachen. Nichts davon lässt sich irgendwie beweisen.«

»Ja, aber woher will man das wissen? Was ist, wenn es doch ein anderes Universum gibt oder eine andere Welt? Oder eine Ordnung – also dass Dinge aus einem bestimmten Grund passieren?«

»Da, so etwas würde ein richtiger Arzt niemals tun.« Papa zeigte auf den Fernseher. »Guck, jetzt spritzt Blut. Das ist total unrealistisch.«

Ich seufzte. Es war sinnlos, Papa von dem Wunschzettel und dem Mann erzählen zu wollen. Ich wusste das doch, warum versuchte ich überhaupt, mit ihm zu reden? Er hörte ja sowieso nicht zu, sondern achtete nur auf seine lächerliche Serie.

»Ich bin noch mal ein bisschen weg«, murmelte ich, zog meine Schuhe an und ging ins Treppenhaus.

Als ich vor Wolkes Tür stand, fröstelte ich. Konnte sie nicht endlich aufmachen? Ich musste wirklich mit ihr reden, und zwar jetzt!

Als die Tür aufging, hatte ich es so eilig, dass ich sofort in die Diele stürmte, ohne darauf zu achten, wer mir überhaupt aufgemacht hatte.

»Äh, hallo, zu wem willst du denn?«

Ich erstarrte.

Das war nicht Wolke.

17.

In der Tür stand ein Junge in meinem Alter, vielleicht ein bisschen älter als ich. Er war dunkelhaarig und groß, trug ein schwarzes T-Shirt, das mit dem silbernen Schriftzug irgendeiner Rockband bedruckt war.

»Ist Wolke da?« Meine Stimme klang seltsamerweise viel heller und piepsiger als sonst.

»Wolke?« Der Junge drehte den Kopf und rief in Richtung Wohnzimmer: »Da ist jemand für dich.« Dann drehte er sich wieder zu mir und hob eine Augenbraue, als wollte er fragen, wer ich bin.

»Noel«, sagte ich und schluckte. Wer war das? War er … ein Freund von Wolke?

»Sag ihm, dass ich jetzt nicht kann. Ich packe gerade den Rest zusammen«, rief Wolke.

Klang sie vielleicht ein bisschen genervt? Wollte sie wegen diesem Jungen nicht mit mir reden? Schämte sie sich meinetwegen? Vielleicht wollte sie sich nicht anmerken lassen, dass wir uns kannten?

»Soll ich ihr was ausrichten?«, fragte mich der Junge.

Ich schüttelte den Kopf

Dann drehte ich mich um und ging.

Wütend blinzelte ich die Tränen weg, die mir hartnäckig in die Augen stiegen.

Als ich an diesem Abend ins Bett ging, war es wieder da, dieses graue, düstere Gefühl.

War seit dem Wunschzettel irgendetwas besser geworden? In der Schule war ich in den Pausen noch genauso allein. Und Wolke – die wollte mich auch nicht mehr sehen.

Dieser Junge, der die Tür aufgemacht hatte, war das womöglich nicht nur *ein* Freund gewesen, sondern *ihr* Freund? Zumindest schien ihr seine Gesellschaft lieber zu sein als meine. Bestimmt war er einer von diesen fröhlichen, lustigen Typen, die eine Menge Kumpels hatten. Einer, der keine schlechte Laune verbreitete oder sich so komisch benahm wie ich. Bestimmt spielte er Hockey. Oder war Sänger in einer coolen Band.

Dabei fiel mir ein – hatte Wolke nicht gesagt, sie würde

den Rest zusammenpacken? Oh Mann, wieso hatte ich das nicht schon viel früher kapiert?

Natürlich! Sie zog wieder aus! Bestimmt hatten sich die Pläne ihrer Eltern geändert, und aus der Sache mit »in Stockholm bleiben« wurde nun doch nichts. Dann war ja auch klar, warum sie sich nicht mehr für mich interessierte. Schließlich würde sie nicht mehr lange in meinem Haus wohnen.

Da klopfte Papa vorsichtig an meine Tür. »Hast du einen Moment Zeit?«

Oh nein. Ich kannte diesen bekümmerten Zug um Papas Mund. Den hatte er immer, wenn er über etwas Ernstes reden wollte.

Ich nickte.

Papa setzte sich auf die Bettkante. »Du, Noel, Mama hat vorhin angerufen.«

»Ach ja?«

»Es wird für sie ein bisschen schwierig, an Weihnachten nach Hause zu kommen.«

Ich nickte wieder. Mein Hals brannte. Aber ich würde jetzt nicht weinen. Auf keinen Fall. »Okay«, sagte ich mit dünner Stimme.

Papa tätschelte etwas unbeholfen meine Decke. Er hatte eine traurige Falte auf der Stirn.

Ich wollte ihn umarmen, ihm sagen, dass ich wusste, was

los war. Dass man traurig ist, wenn man verlassen wird. Dass man traurig ist, wenn jemand, den man gernhat, nicht mehr länger mit einem zusammen sein will.

Aber gerade, als ich mich zu ihm nach vorn beugen wollte, da setzte er ein starres Lächeln auf.

»Das klappt schon, Noel. Wir schaffen das, warte nur ab.«

Er sah aus dem Fenster. »Mist, es schneit immer noch. Es ist so lästig, jeden Morgen das Auto freizuschaufeln. Ach, kennst du den schon? Was ist weiß und rollt bergauf? Eine Lawine mit Heimweh.«

Er lachte über seinen eigenen Witz, aber ich hörte sofort, wie traurig das Lachen klang.

Als Papa gegangen war, legte ich den Kopf auf mein Kissen. Das Licht der Straßenlaterne fiel durch die Jalousie und zeichnete Streifen an die Wand. Ich lauschte meinem eigenen Atem.

Es war spät und ich sollte schlafen, aber meine Gedanken wanderten immer wieder zu Mama. Wie konnte sie mich so im Stich lassen? Wie konnte sie einfach abhauen, ohne mir zu erzählen, warum sie weggegangen war? Wieso dachte sie nur an sich selbst? Sie hatte doch versprochen, nach Hause zu kommen und Weihnachten mit uns zu feiern. Lüge, Lüge, Lüge. Alle waren Lügner. Wolke auch.

Aber eigentlich ist es doch gar nicht so schlimm, versuchte ich mir einzureden. Dann kommt Mama eben stattdessen nach Weihnachten, vielleicht zu meinem Geburtstag. Und Wolke war heute Abend einfach nur zu beschäftigt. Du übertreibst. Versuch, nicht immer alles so ernst zu nehmen.

Aber gleichzeitig schrie eine andere innere Stimme dagegen an. Niemand will bei dir sein, Noel! Niemand mag dich. Mama nicht, Wolke nicht, Tim nicht und auch die anderen in der Klasse nicht. Du bist komisch. Du bist zu ernst und zu anstrengend, und du denkst zu viel nach. Darum bist du so einsam. Kapierst du das nicht?

Es war unmöglich einzuschlafen. Außerdem musste ich mal pinkeln.

Auf dem Weg zur Toilette hörte ich komische Geräusche aus Papas Zimmer. Die Tür war nur angelehnt, und ich blinzelte durch den Spalt.

Auf der Bettkante saß Papa, das Gesicht in den Händen vergraben. Seine Schultern bebten. Er weinte.

Sollte ich etwas sagen? Sollte ich zu ihm gehen und versuchen, ihn zu trösten?

Ich konnte nicht. Dann würde es so aussehen, als hätte ich ihm nachspioniert. Als wären Papas Tränen eine Geheimnis, etwas, das nicht für meine Augen bestimmt war.

Also schlich ich weiter ins Bad, zog leise die Tür hinter mir zu und schloss ab. Da saß ich lange, sehr lange, und das graue Gefühl verwandelte sich in einen grässlichen schwarzen Kloß in meinem Magen.

Und dann wurde es mir schlagartig klar.

Ich musste den Wunschzettel noch einmal benutzen. Ich musste versuchen, mir Mama nach Hause zu wünschen. Ich stellte mir vor, sie wäre wieder da … Wäre dann alles wieder wie früher? Wäre Papa dann wieder froh? Vielleicht würde das ja alle Probleme lösen.

Ich schlich in mein Zimmer zurück, bückte mich und zog das Kästchen mit dem Zettel unter meinem Bett hervor.

Aber dann wurde ich unsicher. Jedes Mal, wenn ein Wunsch in Erfüllung gegangen war, waren zugleich ein paar wirklich unheimliche Dinge vorgefallen.

Papa wäre um ein Haar mit dem Umzugswagen zusammengestoßen, und Maggan war unter sehr mysteriösen Umständen verschwunden.

Ich sah den Mann mit dem Goldzahn vor mir, sein fleckiges Gesicht und seine zottelige Pelzmütze. Eigentlich hatte er doch ganz freundlich ausgesehen. Und etwas richtig Schlimmes war ja auch gar nicht passiert, oder? Papa hatte nur fast einen Unfall gebaut, und Maggan war zu ihrer Mutter gefahren, die schon lange krank war. Das war ja nicht so richtig gefährlich.

Ich schluckte.

Traute ich mich, den Wunschzettel noch einmal zu benutzen?

Bevor ich es mir anders überlegen konnte, kritzelte ich schnell auf das Papier: *Ich will, dass Mama nach Hause kommt.*

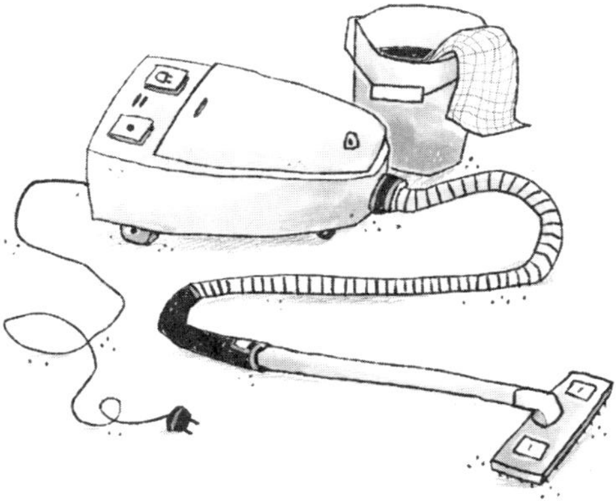

18.

Den ganzen Tag wartete ich in der Schule darauf, dass irgendetwas passieren würde. Immer wieder schaute ich auf mein Handy, obwohl man es im Unterricht eigentlich gar nicht eingeschaltet haben darf.

Aber Mama rief nicht an, und sie schickte mir auch keine Nachricht, dass sie nach Hause kommen würde.

Kam sie vielleicht einfach durch die Tür ins Klassenzimmer? Tauchte einfach so auf, schwuppdiwupp, genau wie Wolke? Oder würde es ein paar Tage dauern?

Ich dachte nur noch an den Wunschzettel und konnte mich nicht darauf konzentrieren, was Fredrik sagte, obwohl er über Metaphern und Vergleiche sprach und die Stunde ausnahmsweise wirklich mal ziemlich interessant war.

Nach der Mittagspause fand in der Aula die Generalprobe für die Weihnachtsfeier statt. Aber ich stand nur mit dem Notenblatt in der Hand da und dachte an etwas anders. Warum passierte denn nichts? Hatte es dieses Mal nicht funktioniert?

Am Ende des Schultags warf ich wieder einen Blick auf mein Handy, aber es war immer noch keine Nachricht gekommen. Und im Bus nach Hause sah ich keine einzige Pelzmütze und auch keinen Obdachlosen.

Als ich zu Hause in die Wohnung trat, merkte ich zunächst gar nicht, dass irgendwas nicht stimmte. Erst als ich meine Jacke auszog, fiel es mir auf.

Papas Schuhe standen in der Diele. Was machte er denn um diese Zeit zu Hause? Ich ging ins Wohnzimmer.

Staubsauger und Putzeimer standen auf dem Boden. Komisch.

»Papa?« Meine Stimme klang schwach und ängstlich. »Hallo, Papa? Bist du zu Hause?«

Aus seinem Zimmer drang ein Stöhnen, und ich bekam Panik. Ich rannte ins Schlafzimmer.

Papa lag auf dem Rücken im Bett, er war furchtbar blass und hatte sein Hemd über der Brust aufgeknöpft.

»Noel«, flüsterte er und winkte mich matt zu sich. »Komm

her.« Er hob den Kopf ein wenig an und sah mich mit müden Augen an. »Du musst einen Krankenwagen rufen.« Er hatte große Mühe, die Worte auszusprechen. »Mit meinem Herz … stimmt was nicht.«

In diesem Moment dachte ich gar nichts mehr. Es fühlte sich an, als würde das alles gar nicht mir passieren. Als ich die Nummer wählte, fühlte ich mich wie in einem Albtraum oder als wäre das alles nur ein Film. *Eins, eins, zwei.* Diese schreckliche, unwirkliche Nummer. Diese Nummer, von der ich nie gedacht hätte, dass ich sie einmal wählen müsste. Was, wenn ich mich verwählte? Was, wenn das Telefon kaputt war? Was, wenn …

»Notrufzentrale – was ist passiert?« Eine Frauenstimme meldete sich sofort am anderen Ende der Leitung.

Es kam mir vor wie eine Ewigkeit, bis ich die Sirene des Krankenwagens in unserer Straße hörte. Aber als er erst mal da war, ging alles rasend schnell.

Die Sanitäter legten Papa auf eine Trage und rollten ihn durch die Tür.

Ich stand in der Diele und trat unruhig von einem Fuß auf den anderen. Was war mit mir? Was sollte ich jetzt tun? Sollte ich mitfahren?

Eine der Sanitäterinnen blieb in der Tür stehen. »Wo ist denn deine Mama?«, fragte sie.

»Sie … sie wohnt im Ausland.«

»Okay, dann kannst du mit uns mitkommen. Wir sorgen dann dafür, dass im Krankenhaus jemand einen Angehörigen informiert.«

Da fiel es mir ein. Der Wunschzettel! Ich musste ihn holen! Ich musste den Wunsch irgendwie rückgängig machen, mir wünschen, dass Papa gesund wurde, dass alles gut gehen würde. Ich musste in mein Zimmer.

»He, halt«, die Sanitäterin hielt mich am Arm fest. »Wohin willst du? Wir müssen fahren, sofort.«

»Ich …«

»Du kannst mitkommen, aber wir müssen uns beeilen.«

Ich schluckte. Ich brauchte doch den Zettel! Was, wenn es Papa schlechter ging, was, wenn er … Ich konnte den Gedanken nicht ertragen, ich verscheuchte ihn aus meinem Kopf.

Das war alles meine Schuld, ich musste das wieder in Ordnung bringen! Ich riss mich los und stürmte in mein Zimmer.

Aber noch in der Tür blieb ich wie angewurzelt stehen. Alles war aufgeräumt, Kleider und Bücher waren ordentlich gestapelt. Papa hatte geputzt.

Ich warf mich auf den Boden und streckte die Hand unter mein Bett, um das Totenkopfkästchen hervorzuholen.

Aber wo war es denn? Wieso war es nicht mehr da, wo ich es hingelegt hatte? Ich schob den Kopf unter das Bett und sah mich um.

Gähnende Leere. Sauber und staubfrei. Das Kästchen mit dem Zettel war weg.

19.

Im Wartebereich roch es nach Krankenhaus. Nach Desinfektionsspray und Putzmittel. So wie Papa roch, wenn er von der Arbeit kam.

Der Stuhl war hart und unbequem. In der Ecke stand eine dürre kleine Plastiktanne, dekoriert mit staubigen Kugeln und schäbigem Lametta. Sollte dieses hässliche Ding etwa für Weihnachtsstimmung sorgen? Was für ein Witz.

Eine Krankenschwester mit senfgelben Plastikclogs und einem freundlichen Lächeln kam ab und zu bei mir vorbei. Sie hatte einen Stapel alter Comics für mich geholt und mich um Mamas Telefonnummer gebeten. Sie würde versuchen, Mama zu erreichen, und ihr mitteilen, was passiert war.

Kammerflimmern, Defibrillation. Papa war jetzt in irgendeinem Raum mit Krankenhauspersonal. Dorthin hatte ich nicht mitkommen dürfen. Eine Ärztin mit russischem Akzent hatte sich bemüht, mir zu erklären, was mit Papas Herz los war, aber ich hatte nicht richtig verstanden, was sie gesagt hatte.

Würde Papa sterben?

Ich sollte so etwas nicht denken, ich *durfte* so etwas nicht denken! Denn wenn ich so etwas dachte, dann würde es vielleicht wirklich passieren.

Trotzdem wurde ich den Gedanken nicht los. Und die unheimliche Stimme in meinem Kopf flüsterte: *Das ist deine Schuld, Noel. Hättest du dir nicht gewünscht, dass Mama nach Hause kommt, wäre das nie passiert. Kapierst du das nicht? Dein Wunsch hat dafür gesorgt, dass Papas Herz nicht mehr richtig funktioniert. Du wusstest doch, dass deine Wünsche schlimme Konsequenzen haben. Du wusstest doch, dass der alte Mann aus dem Bus womöglich ganz und gar nicht nett war. Und trotzdem hast du es gemacht. Du bist schuld.*

Oh, wie gerne hätte ich diese Gedanken zum Schweigen gebracht! Aber es ging nicht.

Ich blätterte in den zerfledderten Comics. Aber es war unmöglich, jetzt zu lesen.

Da bemerkte ich auf der anderen Seite des Flurs einen Mann in dunkelblauem Overall und mit langen grauen Haaren, die zu einem Pferdeschwanz zusammengebunden waren. Er zog seinen Wischmopp kreuz und quer über den Boden. Irgendwie kam er mir bekannt vor.

Ich versteinerte.

War das nicht, konnte das etwa …

Mein Mund wurde ganz trocken. Wie verhext starrte ich den Mann an.

Jetzt verschwand er um die Ecke.

Ich stand auf.

Ich musste ihm nach!

Als ich um die Ecke bog, sah ich, wie der Mann gerade in den Aufzug stieg und sich die Tür hinter ihm schloss.

Ich rannte zum Aufzug und drückte hektisch den Knopf. Wohin war er gefahren? Sollte ich einfach irgendeinen Stock probieren?

Endlich öffnete sich die Aufzugtür, und ich stieg ein. Eine dunkelhaarige Frau in blauem Kittel, die einen Putzwagen dabeihatte, stand in der Kabine. Ich beschloss, ihr zu folgen. Sie putzte auch, vielleicht ging sie ja zu irgendeinem Personalraum oder so? Und vielleicht war dort auch der Mann mit dem Pferdeschwanz?

Aber die Frau stieg in der nächsten Etage aus, und da war außer ihr niemand zu sehen. So ein Mist!

Doch da … Am Ende des Flurs wippte der graue Pferdeschwanz hin und her.

Ich rannte dem Mann nach und sah gerade noch, wie er einen Schlüsselbund in die Hand nahm, ein Zimmer aufschloss und darin verschwand.

Ich stürmte hinterher.

An der Tür. stand: NUR PERSONAL. Aber das war mir egal. Ich hämmerte mit den Fäusten dagegen. So fest ich konnte. Hier ging es um Leben und Tod.

»Ja?«

Die Tür öffnete sich, und ein grauhaariger Kopf tauchte auf.

»Der Wunschzettel«, keuchte ich. »Er ist weg, Papas Herz funktioniert nicht mehr richtig, und Sie müssen mir helfen!«

20.

»Was redest du da?«

Seine Stimme war heiser und ein bisschen rau. Der Mann strich sich eine graue Strähne aus dem Gesicht.

Das heißt, Moment – war das überhaupt ein Mann?

Verwirrt starrte ich auf die glänzenden, rot lackierten Fingernägel. Dann wanderte mein Blick hoch zum Gesicht. Braune Flecken, lange graue Haare. Doch, das war der Alte aus dem Bus. Aber jetzt, wo ich ihn reden hörte, wurde mir klar, dass das gar kein Mann war, sondern eine Frau.

Eine ziemlich grobe, kräftige Frau mit einer kratzigen Raucherstimme, die trotzdem eindeutig keine Männerstimme war.

War das hier wirklich die richtige Person?

»Der Zettel … Ich habe einen Wunschzettel von Ihnen

bekommen, und dann habe ich mir etwas gewünscht, und plötzlich hat Wolke geklingelt und …«

»Psst«, zischte die Frau scharf und sah sich im Flur um. »Du kannst hier doch nicht so einen Radau veranstalten. Die Leute sind krank und brauchen ihre Ruhe.«

Jetzt sah ich den Goldzahn aufblitzen. Das war sie, das musste sie sein!

Sie nickte mit dem Kopf in den Raum und gab mir zu verstehen, dass ich mit ihr hineingehen sollte.

Ich trat in eine Wäschekammer mit hohen Regalen, in denen sich Bettwäsche, Handtücher und hellgelbe Krankenhausdecken in Plastiktüten stapelten. Es roch sauber und vertraut nach Waschmittel.

»Also.« Die Frau wedelte genervt mit einer Hand in meine Richtung. »Was willst du?«

»Alles hat an dem Tag angefangen, als Sie sich im Bus neben mich gesetzt haben …« Ich stammelte mich durch alles, was sich ereignet hatte, seit ich den Zettel gefunden hatte.

Im Nachhinein weiß ich eigentlich gar nicht mehr, warum. Ich meine, ich hätte sie ja wohl kaum davon überzeugen können, dass sie in Wirklichkeit ein Penner war, von dem ich einen geheimnisvollen Wunschzettel bekommen hatte. Entweder sie war es – dann wusste sie sowieso ganz genau, wovon ich sprach. Oder sie war es nicht, und dann würde sie einfach nur denken, dass ich ihr gerade eine Menge unzusammenhängenden Blödsinn erzählte. Trotzdem redete ich weiter.

Als ich die ganze Geschichte heruntergehaspelt hatte, war es für einen Moment ganz still.

Die Frau mit dem Goldzahn angelte eine Kautabakdose aus ihrer Tasche und schob sich einen kleinen Priem in den Mund. Dann seufzte sie. »Also wenn ich dich richtig verstanden habe, dann glaubst du, ich hätte dir einen magischen Wunschzettel überlassen. Aber als du dir etwas gewünscht hast, haben sich nicht nur deine Wünsche erfüllt, sondern es sind auch noch ein paar andere Sachen passiert. Schlimme Sachen. Zum Beispiel, dass deine Lehrerin verschwunden ist und dass dein Vater einen Herzinfarkt oder so was Ähnliches bekommen hat.«

Ich nickte. Das klang total idiotisch. Das war mir ja selbst klar.

»Und jetzt willst du, dass ich das für dich in Ordnung bringe?«

Ich nickte wieder. Ich merkte, wie mir die Tränen kamen.

Sie schüttelte den Kopf. »Nee, Kleiner, das musst du schon selbst regeln. Da kann ich dir nicht helfen.« Sie drehte sich um und nahm einen Stapel mit weißen Kissenbezügen aus dem Regal.

»Bitte«, versuchte ich es noch mal. »Sie … Sie haben den

Goldzahn, Sie müssen es sein, ich meine, das sind doch unmöglich alles nur Zufälle. Sind Sie vielleicht sogar …«

»Ich habe keine Zeit für so was«, unterbrach sie mich barsch. »Ich habe hier einen Job zu erledigen. Also, husch, raus mit dir.«

Erschrocken wich ich zurück und verzog mich schleunigst aus der Wäschekammer.

Verdammt. Wie sollte ich das alles denn nur in Ordnung bringen?

21.

Ich fuhr mit dem Aufzug zurück in den Wartebereich. Was sollte ich jetzt nur tun? Ich musste das allein regeln, das hatte die Frau mit dem Goldzahn gesagt.

Aber wie? Was konnte ich denn machen?

Es war alles zu spät. Ich hatte alles kaputt gemacht mit meinen albernen, gierigen Wünschen.

Ich setzte mich hin. Mein Hals war wie zugeschnürt.

Der Wunschzettel war weg, Papa war krank, Mama war immer noch in Liberia, und Wolke würde wegziehen.

Seit ich den magischen Zettel gefunden hatte, war alles nur *noch* schlimmer geworden.

Ich legte den Kopf in die Hände, und eine Träne kullerte meine Wangen hinunter. Zornig wischte ich sie weg. Heulen half mir jetzt auch nicht weiter.

»Du kannst jetzt zu deinem Papa.« Die Krankenschwester mit den senfgelben Clogs gab mir ein Zeichen, dass ich mit ihr kommen sollte.

Ich nickte und folgte ihr in ein kleines Zimmer am Ende des Flurs.

Papa sah blass aus, wie er da in dem Krankenhausbett lag. Er hatte dunkle Ringe unter den Augen und zerzauste Haare. Aber er lebte.

Erst traute ich mich gar nicht, zu ihm zu gehen. Es war so unwirklich, ihn so zu sehen. Armer Papa, ich fragte mich, wie es wohl war, Patient zu sein, wenn man sonst gewohnt war, selbst die Untersuchungen zu machen und mit ernster Stimme wichtige Dinge zu sagen. Armer lieber bester Papa.

Als er mich sah, hellte sich sein Gesicht auf, und er winkte mich zu sich.

Ich setzte mich auf die Bettkante. »Du darfst mich nicht so erschrecken.«

Papa lächelte matt. Er sah müde aus. Sie hätten sein Herz defibrilliert, erklärte er, was so viel bedeutete wie dass sie es neu gestartet hatten. Es war aus dem Takt geraten, aber jetzt war alles gut. Nun musste er sich ausruhen und versuchen, sich weniger zu stressen.

»Vielleicht solltest du nicht so viel arbeiten und putzen«, sagte ich.

»Ach was, lieber arm dran als Arm ab. Das wird schon wieder«, sagte Papa grinsend.

Aber da hatte ich wirklich genug. Tränen schossen mir in die Augen. »Hör auf, so blöde Witze zu machen! Du hast ja keine Ahnung, was ich für eine Angst hatte! Ich dachte, du stirbst!« Ich schrie fast.

Papa blinzelte. Aber er sagte nichts.

»Und hör auf, mir die ganze Zeit was vorzumachen«, rief ich und wischte mir mit dem Handrücken die Tränen aus dem Gesicht. »Das funktioniert nicht. Wir kommen nämlich überhaupt nicht super klar ohne Mama, da kannst du noch so lange rumlaufen und jedem erzählen, wie gut es uns geht. Uns geht es nämlich *beschissen*!«

Papas Augen wurden feucht. »Vermisst du sie?«, fragte er. »Nein, das war dumm von mir, Noel, natürlich vermisst du sie.« Er nahm meine Hand und seufzte.

Auf einmal sah er so alt aus.

»Wenn man mit jemandem zusammen sein will, dann muss man ihm das sagen, kapierst du das nicht?«, sagte ich.

Ich ahnte ein Lächeln in seinen Mundwinkeln.

»Du klingst wie ein wandelnder Sinnspruch«, sagte Papa. »So einer, den man auf Kühlschrankmagnete oder Kalender druckt.«

»Gewisse Dinge werden aus gutem Grund auf Kühlschrankmagneten gedruckt«, sagte ich sauer und schniefte ein bisschen. »Die Krankenschwester hat Mama angerufen, und sie wird jetzt doch so schnell es geht nach Hause kommen. Und wenn sie da ist, dann erklär ihr bitte, dass du – dass *wir* wollen, dass sie bei uns bleibt. Du bist der Erwachsene, deshalb musst du das in Ordnung bringen.«

Papa antwortete nicht. Er schaute nur auf die winzig kleinen Schneeflocken, die draußen vor dem Fenster durch die Luft wirbelten.

»Wann bist du bloß so groß geworden, Noel?«, fragte er dann und drückte meine Hand.

Wir schwiegen eine ganze Weile.

»Du, als du geputzt hast, hast du da etwas unter meinem Bett gefunden?«, fragte ich.

Papa schüttelte den Kopf. »Nur so eine hässliche alte Plastikdose. Die habe ich in den Müll geworfen. Die war doch nicht wichtig, oder?«

Er hatte das Totenkopfkästchen weggeschmissen. Der Wunschzettel war verloren, für immer.

»Nö«, log ich.

Ich konnte ihm das alles sowieso nicht erklären. Und ich wollte ihn jetzt auch nicht traurig machen. Ich wollte nur hier sitzen, seine Hand halten und zusehen, wie der Schnee vor dem Fenster durch die Luft segelte.

Ein Arzt mit denselben senfgelben Plastikclogs wie die Krankenschwester kam ins Zimmer und fing an, Papa Fragen zu stellen.

Ich hörte mit halbem Ohr zu, stand vom Bett auf und machte den Fernseher an.

Es lief ein alter Film, eine romantische Komödie, die bestimmt schon tausendmal wiederholt worden war. Ich kannte die Szene, die gerade gezeigt wurde. Der Mann im Film öffnet ein Paket, das ein kostbares Bild enthält. Als er das Bild sieht, wird ihm klar, dass das Mädchen, von dem er dieses Bild bekommen hat, seine große Liebe ist, aber er weiß, dass sie im Begriff ist, das Land zu verlassen. Und er muss sie aufhalten, bevor es zu spät ist, denn sonst wird er sie nie wiedersehen.

Da machte es Klick bei mir. Was hatte ich eben noch zu Papa gesagt? *Wenn man mit jemandem zusammen sein will, dann muss man ihm das sagen.*

Ich drehte mich zu Papa um, der immer noch mit dem Arzt beschäftigt war. »Ich muss noch was erledigen, ich bin bald wieder da«, murmelte ich und grapschte meine Jacke.

Dann rannte ich los, den Krankenhausflur hinunter. Ich musste Wolke finden.

22. Ich sah mich auf dem Krankenhausgelände um. Kleine nasse Flocken stoben durch den Wind, und Menschen in dicken Jacken und Wintermänteln hetzten durch die Schwingtüren der großen Eingangshalle.

An der Haltestelle stand ein Bus, die roten Rücklichter leuchteten. Ich überlegte schnell – nein, das würde zu lange dauern. Dieser Bus kurvte kreuz und quer durch die ganze Stadt. Außerdem hatte ich mein Schülerticket nicht dabei, das lag zu Hause in der Wohnung.

Mein Blick fiel auf den Fahrradständer neben der Eingangstür, wo jede Menge eingeschneite Räder herumstanden. Vielleicht war eins davon nicht abgeschlossen?

Ich rannte hin und fing an, an den Rädern zu rütteln.

Ein Mann mit spitzer Nase und Strickmütze starrte mich

böse an, aber das war mir egal. Ich hatte keine Zeit zu verschwenden!

Schließlich entdeckte ich ein rostiges Damenrad, das nicht abgeschlossen war. Die Reifen schienen nicht gerade viel Luft zu haben, aber auch das war mir egal. Ich sprang auf und trat mit aller Kraft in die Pedale.

Ich sah ihn sofort, als ich in unsere Straße bog.

Ein Umzugswagen. Ein plumpes, hässliches Ding mit weit aufgerissenem Schlund. Auf dem Bürgersteig stand ein einsamer blassblauer Sessel, auf dem immer mehr kleine weiße Flocken landeten.

Ich stand ganz still. Es war also wirklich wahr. Wolke würde wegziehen.

Ich fühlte mich vollkommen leer.

Zwei Möbelpacker kamen aus dem Haus und luden den Sessel in den Laster.

»Das war der letzte, oder?«, rief der eine, und dann knallten sie die Türen zu und kletterten ins Führerhaus. Die Rücklichter gingen an, der Motor startete dröhnend, und langsam setzte sich der Wagen in Bewegung.

Oh nein, sie fuhren los! Und ich wusste noch nicht einmal, wohin!

Ich stieg wieder in die Pedale und radelte ihnen hinterher.

Ich musste den Laster anhalten und fragen, wohin sie wollten, ich musste sie aufhalten!

Ich rollte die Straße hinunter, aber im grauweißen Schneematsch geriet ich ins Rutschen. Das Fahrrad kippte um, und ich knallte mit dem Knie auf die Bordsteinkante.

»Halt!«, brüllte ich. »Halt, halt, bitte nicht wegfahren!«

Aber die Umzugshelfer hörten mich nicht, der Möbelwagen beschleunigte und bog in Richtung Zentrum ab.

Langsam stand ich auf und versuchte, mir den Schnee von der Hose zu klopfen. Bestimmt war Wolke längst auf dem Weg nach Bolivien oder so. Ich würde sie nie wiedersehen. Ich kämpfte mit den Tränen und rieb mir das Knie.

Meine Jeans war nass, und das Bein tat weh. Erst jetzt merkte ich, wie kalt es war. Und ich war den ganzen Weg vom Krankenhaus hierher ohne Handschuhe und Mütze gefahren.

Alles umsonst.

Es war zu spät.

Ich sank zusammen. Tränen stiegen mir in die Augen.

Verdammter Mist. Sie war weg. Für immer.

Hinter mir bellte ein Hund.

Langsam drehte ich mich um.

Auf dem Bürgersteig, im Licht einer Straßenlaterne und mit Kant an der Leine, stand Wolke.

»Was machst du denn da?«, fragte sie und musterte mich

von oben bis unten. Verwundert starrte sie das Damenrad und meine nasse Hose an.

Und da machte ich einfach den Mund auf und fing an zu reden, ehe ich es mir wieder anders überlegen konnte. Die Worte purzelten geradezu aus mir heraus. »Ich … es ist mir egal, dass du wegziehst. Und dieser Junge, der aufgemacht hat … der ist mir auch egal. Ich sage es dir trotzdem: Ich werde dich vermissen. Ich habe noch nie jemanden wie dich kennengelernt.«

Da lächelte Wolke. »Komm, wir gehen rein«, sagte sie. »Du Dummkopf.«

Wir setzten uns in ihre Küche. Wolke schwieg. Außer dem Klappern von Tellern und Tassen, als sie den Tisch deckte und Teewasser auf dem Herd kochte, war nichts zu hören.

Die Küche hatten sie zumindest nicht leer geräumt, es war nur ein bisschen ordentlicher als beim letzten Mal. Würde der Umzugswagen zurückkommen und den Rest holen?

Ich wollte sie nicht fragen. Ich saß bloß ganz still da und wartete darauf, dass Wolke etwas sagen würde.

Sie drehte sich um und stellte die dampfenden Becher energisch auf den Tisch. »Ein Tipp fürs nächste Mal: Frag mich einfach, statt eine Menge Zeug zu vermuten. Es ist nicht immer alles so, wie man denkt.«

Sie zog einen Stuhl unter dem Tisch heraus, setzte sich mir gegenüber und pustete in den heißen Tee. »Der Junge, der dir die Tür aufgemacht hat, ist mein großer Bruder. Er heißt Emil und spielt übrigens verdammt gut Gitarre. Als du geklingelt hast, war ich wirklich einfach nur beschäftigt. Ist dir das noch nie passiert?«

Wolke trank einen Schluck Tee. »Der Umzugswagen, den du draußen gesehen hast, ist mit einer Ladung Sachen weggefahren, die wir einlagern müssen. Hier in der Wohnung ist nicht genug Platz für alles, wie du vielleicht gemerkt hast.« Sie lachte mit ihren Funkelaugen.

»Vielleicht solltest du mal damit aufhören, immer zu denken, du wüsstest sowieso schon alles. Vor allem, nachdem ich gerade erfahren habe, dass ich nach Weihnachten an deiner Schule anfange.«

23.

»Noel, bleibst du bitte noch einen Moment da?«

Am nächsten Tag winkte Fredrik mich zu sich, als es zur Pause klingelte.

Was war denn jetzt los? Hatte ich etwas falsch gemacht?

Ich sah mich um, während die anderen Stühle rückten und schwatzend die Klasse verließen. Draußen im Flur wurde es laut und im Klassenzimmer leer und still.

Fredrik schaute von seinem Pult hoch. Er fuhr sich mit der Hand durch die Haare. Direkt hinter dem Ohr hatte er eine verschnörkelte kleine Tätowierung.

»Setz dich.« Er nickte zu dem Tisch, der direkt vorn am Pult stand.

Widerwillig stand ich von meinem Platz auf und setzte mich ein paar Reihen weiter vorn wieder hin.

»Ja, Noel, ich würde mich gerne mit dir über eine Sache unterhalten.« Fredrik machte eine kleine Pause. »Mir ist aufgefallen, dass du nicht so oft mit den anderen aus der Klasse zusammen bist. Du bleibst immer drinnen und liest, statt raus in die Pause zu gehen.«

Ich schluckte hart. Würde das denn nie ein Ende nehmen? Wann würden die Erwachsenen endlich aufhören, an mir herumzunörgeln und sich in alles einzumischen? Ich wartete auf den Vortrag, der nun folgen musste. Dass ich versuchen sollte, »mich zu integrieren« und »selbst die Initiative zu ergreifen«.

Aber Fredrik sagte nichts davon. Er schaute mich an, aber nicht mit diesem besorgten Gesichtsausdruck, den Maggan immer gehabt hatte, sondern mit einem Blick, der nett aussah und ein bisschen neugierig.

»Als ich in deinem Alter war, habe ich auch viel gelesen«, sagte er. »Ich war wohl ein eher ungewöhnlicher Junge, nehme ich an. Ernsthaft, nachdenklich. Nicht wie die anderen, die lärmten und herumtobten und … so selbstverständlich miteinander umgegangen sind.« Er lächelte ein bisschen. »Ich dachte immer, ich würde Schriftsteller werden, wenn ich groß bin. Angeblich sind es diejenigen, die am Rand stehen und beobachten, die später Bücher schreiben.«

»Vielleicht ist es ja noch nicht zu spät dafür?«, sagte ich.

Er lachte. »Da hast du ganz recht. Vielleicht sollte ich diese alten Schriftstellerträume noch mal in Angriff nehmen.«

»Aber dann sollten Sie vorher noch lernen, wie man *philosophisch* schreibt.«

Fredriks Mundwinkel zuckten, als würde er gleich laut loslachen. »Ich weiß, wie man philosophisch schreibt. Ich war nur ein bisschen nervös und habe aus Versehen einen Fehler gemacht. Glaub es oder nicht, aber auch Lehrer sind manchmal aufgeregt, wenn sie vor einer neuen Klasse zum ersten Mal etwas an die Tafel schreiben müssen.« Er fuhr sich mit der Hand durch die Haare und wurde ernst. »Dein Text hat mir sehr gut gefallen, Noel«, sagte er. »Er hat mich wirklich beeindruckt. Transzendenz – Wahnsinn.« Wieder fuhr er sich mit der Hand durch die Haare. »Du schreibst gerne, oder?«

Ich nickte. »Wörter liegen mir irgendwie.«

Für einen Moment war es still. Dann sagte Fredrik: »Ich gebe dir ein paar Buchtipps. Bücher, die ich in deinem Alter toll fand. *Der Herr der Ringe* zum Beispiel.«

»Das habe ich schon gelesen«, sagte ich schnell. »Aber mein Lieblingsbuch ist es nicht gerade.«

»Verstehe.« Fredrik lächelte. »Ich lasse mir etwas einfallen, Noel. Irgendetwas, das dich ein bisschen herausfordert. Und dann sollten wir uns über die Bücher unterhalten. Du und ich.«

Ich nickte. Eine Herausforderung. Das hörte sich gut an.

»Ich werde das ganze nächste Halbjahr hier sein«, sagte Fredrik. »Maggan hat sich beurlauben lassen, damit sie sich um ihre kranke Mutter kümmern kann, und außerdem möchte sie irgendeine Weiterbildung machen. Deshalb habe ich mir überlegt, dass wir beide solange an deinen Texten weiterarbeiten könnten, wenn du Lust hast.« Er stand auf, ging zum Fenster, blieb mit verschränkten Armen stehen und ließ den Blick über den Schulhof wandern.

Als wir auf dem Weg aus dem Klassenzimmer waren, sagte er so leise, dass ich es fast nicht hörte: »*Besonders* ist auch ein Synonym für *ungewöhnlich*. Aber das weißt du sicher, Noel?«

Ich stand am Fenster im Schulflur und schaute hinaus. Alles war weiß verschneit. Morgen war die Weihnachtsfeier, das Halbjahr war vorbei.

Auf dem Hof wimmelte es nur so von bunten Winterjacken. Alle waren draußen, beschäftigt, zusammen.

Ich zog meine Jacke an. Ganz langsam setzte ich meine Mütze auf, dann zog ich die Handschuhe an. Erst den rechten, dann den linken. Ich machte ein paar Schritte auf die Tür zu.

Ich dachte an Fredrik und das, was er gesagt hatte.

Besonders, das klang gut. Edelsteine zum Beispiel sind besonders.

Ungewöhnlich, nicht komisch. Besonders, nicht komisch. Wie ein Mantra wiederholte ich das immer wieder stumm. Und dann ging ich einfach. Geradewegs durch die Tür, quer über den ganzen Schulhof.

Dann stand ich da und schaute die anderen an, und zum ersten Mal war ich nicht traurig darüber, einsam in dem Gewühl zwischen lauter Kindern zu stehen, die alle jemanden hatten.

Ein paar Schneeflocken segelten vom Himmel, und ich machte den Mund auf und ließ sie auf der Zunge schmelzen.

Tim und Hugo standen am Fußballplatz und bauten an ihrer Schneehöhle. Sollte ich fragen, ob ich mitmachen durfte? Sollte ich ihnen erzählen, dass meine Nachbarin, ein Mädchen namens Wolke, nach den Weihnachtsferien auf unsere Schule gehen würde? Seltsamerweise fühlte es sich gar nicht mehr so unmöglich an, zu ihnen zu gehen und mich ein bisschen mit ihnen zu unterhalten.

Aber nein, ich hatte keine Lust. Vielleicht später. Nicht jetzt.

Jetzt wollte ich einfach nur ein bisschen hier stehen und spüren, wie gut es war, Noel zu sein.

Mein Handy piepste. Es war eine SMS von Mama.

Bin jetzt in der Stadt, hast du nach der Schule Zeit? Stadtbücherei und dann heiße Schokolade? Kuss, Mama.

Ich hatte ein ganz komisches Gefühl im Bauch, aber nicht vor Kummer und Sehnsucht, sondern vor Freude, denn Mama war wieder zu Hause, und wir hatten miteinander geredet. Nach Weihnachten musste sie noch einmal nach Liberia fliegen, um ein paar Dinge zu regeln, aber dann würde sie zurück nach Stockholm ziehen.

Die Krankenschwester hatte Mama angerufen, als ich im Krankenhaus im Wartebereich saß, und Mama hatte dann dafür gesorgt, dass meine Tante Andrea mich abholen kam.

Mama hatte versprochen, so schnell wie möglich nach Hause zu fliegen. Und solange ich auf sie wartete, konnte ich bei Andrea in ihrer kleinen Wohnung in Midsommarkransen wohnen.

Ich schlief auf dem Bettsofa in ihrem winzigen Wohnzimmer, das vollgestopft war mit Buddha-Figuren und wild wuchernden Topfpflanzen. Und als ich am nächsten Morgen aufwachte, da stand jemand in der Zimmertür.

Mama.

Sie kam mir gleichzeitig fremd und vertraut vor. Ihre Haare waren anders, dunkler und kürzer, und sie hatte eine dunkelblaue Jacke an, die ich noch nie gesehen hatte. Sie sagte nichts, sondern kam einfach auf mich zu und nahm mich in den Arm.

Fest, ganz fest hielt Mama mich, bis ich mich schließlich aus ihrer Umarmung befreien musste.

Da ließ sich mich los, legte mir die Hände auf die Schultern und sah mir in die Augen. »Noel«, sagte sie mit belegter Stimme. Dann drückte sie mich wieder an sich.

Und als ich ihre Arme um mich herum spürte und ihre weiche Mama-Stimme hörte, da legte ich den Kopf an ihre Schulter und schluchzte. Wie damals, als ich klein war. Und ich spürte, wie sehr ich das vermisst hatte. In den Arm genommen zu werden.

Sie bat mich nicht um Verzeihung. Jedenfalls nicht da. Vielleicht ging es ihr genau wie mir: In diesem Moment gab es keine Worte. In diesem Moment konnte man nicht reden. Nicht darüber, dass sie mich verlassen hatte.

Aber später am selben Tag, als wir uns wieder ein bisschen aneinander gewöhnt hatten, da ging es. Wir saßen in der Krankenhaus-Cafeteria, als Mama sich räusperte und sagte: »Noel, ich weiß, dass du wütend auf mich bist. Und ich wollte dir nur sagen, dass … ich das gut verstehen kann.« Sie griff über den Tisch und nahm meine Hand. »Ich muss mich bei dir entschuldigen. Es tut mir so leid. Ich dachte, du würdest mich nicht mehr brauchen. Es tut mir so leid, dass ich nur daran gedacht habe, was für Papa und mich gut wäre, und nicht daran, wie das für dich werden würde.«

Mama wischte sich eine Träne aus dem Augenwinkel. »Ich schäme mich dafür, dass ich so feige war und dir nicht einfach gesagt habe, wie es ist – dass ich nach Liberia wollte, weil Papa und ich Abstand voneinander brauchten. Ich weiß, dass das komisch klingt, aber … ich habe mich so geschämt und kam mir wie eine Verräterin vor. Und das hat es mir noch schwerer gemacht, mich bei dir zu melden. Obwohl ich dort unten die ganze Zeit an dich gedacht habe. Kannst du mir verzeihen?«

Ich schluckte und starrte auf die Tischplatte.

Ich habe ihr nie gesagt, dass ich ihr verzeihen würde oder dass das, was sie gemacht hatte, irgendwie okay gewesen wäre. Aber das war vielleicht auch gar nicht nötig. Viel wichtiger war, dass sie wieder zu Hause war. Und dass sie wusste, dass sie mich im Stich gelassen hatte.

Ich saß nur schweigend da, hielt ihre Hand und betrachtete die vielen Menschen in der großen Cafeteria. Aus den Lautsprechern klangen Weihnachtslieder, und die Fenster waren mit Christbaumkugeln und Lametta geschmückt.

Vielleicht war es Einbildung. Aber drüben an der Geschirrrückgabe glaubte ich eine Putzfrau mit langen grauen Haaren zu sehen, die ein paar zerzauste Lamettastreifen um ihren Wischmopp gewickelt hatte.

24.

Papa hatte die Wohnung weihnachtlich geschmückt. In der Ecke stand eine große Tanne mit glänzenden Silberkugeln, und im Fenster hingen rote Papiersterne, die ein warmes Licht im Zimmer verbreiteten. Es war wirklich richtig gemütlich und wohnlich bei uns zu Hause.

Es duftete auch nach Weihnachten, nach Tannennadeln, nach Orangen, die in einer Schale auf dem Küchentisch standen, und nach Nelken aus den Töpfen in der Küche.

Papa machte es sich auf dem Sofa bequem und reichte mir einen Becher mit Kinderpunsch. »Wie geht's?«, fragte er.

»Alles okay«, sagte ich. »Mir geht's gut.« Als ich das sagte, spürte ich, dass es wirklich so war.

»Und du?«, fragte ich und stupste vorsichtig mit meinem Fuß gegen Papas Beine.

Er griff nach der Fernbedienung und schaltete den Fernseher an. »Alles gut. Tatsächlich besser als seit Langem. Vielleicht war dieses Herzkammerflimmern gar nicht mal so dumm.«

Genau da klingelte es an der Tür, und Papa und ich schauten uns an. War das etwa schon Mama? Sie wohnte im Moment bei Tante Andrea, aber seit Papa aus dem Krankenhaus entlassen worden war, hatte sie fast jeden Abend mit uns gegessen. Und heute würde sie natürlich mit uns Weihnachten feiern.

Neulich Abend hatten Mama und Papa einen langen Spaziergang zusammen gemacht, und als sie zurückkamen, sah Papas Gesicht fröhlicher und irgendwie erleichtert aus. Sie würden weiterhin erst mal in getrennten Wohnungen wohnen. Nichts überstürzen. Das sagten sie, und dieses »nichts überstürzen« fühlte sich gut an, denn es bedeutete, dass es etwas gab, das man überstürzen konnte.

Aber es war nicht Mama, die geklingelt hatte. Als ich die Tür öffnete, stand Wolke im Treppenhaus.

Sie hielt ein kleines grünes Päckchen in der Hand, und ihre Augen funkelten, genau wie damals, als wir uns das erste Mal begegnet waren.

Ich schaffte es nicht mal, »Hallo« zu sagen oder irgendwas anderes, bevor sie schon in unserer Wohnung war.

»Oh, es riecht nach Punsch«, sagte sie. »Lecker.« Sie spazierte geradewegs in unser Wohnzimmer und setzte sich neben Papa auf das Sofa.

»Hallihallo!«, sagte sie. »Und frohe Weihnachten! Ich bin Wolke. Und ja, so heiße ich schon immer, und ja, das ist mein richtiger Name. Wie geht es denn deinem Herz? Besser, hoffentlich? Du sollst nicht so viel putzen, sagt Noel.«

Papa blinzelte ein paarmal, aber er fing sich schnell und streckte ihr den Teller mit Plätzchen und Safranschnecken entgegen. »Nett, dich kennenzulernen, Wolke. Hier, nimm eine Safranschnecke. Und danke der Nachfrage, meinem Herz geht es wieder prima.« Papa warf mir mit leicht überraschter Grimasse einen verstohlenen Blick zu.

Ich schüttelte vorsichtig den Kopf und lächelte Papa an, um ihm zu sagen: »So ist sie eben.«

Wolke überreichte mir das Päckchen, das sie mitgebracht hatte. Es war eine kleine Rolle, eingewickelt in hellgrünes Geschenkpapier, mit einer Schleife aus schmalem rotem Seidenband.

»Mach schon auf«, sagte sie.

Ich zog die Schleife ab und rollte das Seidenpapier vorsichtig auf.

Es war eine Kohlezeichnung, und ich erkannte gleich, was sie darstellte. Es war ein Bild von mir und Wolke im Schnee auf der Dachterrasse. Wir hielten uns an den Händen und blickten hoch in die Sterne. In einer Ecke des dunklen Abendhimmels schimmerte ein geheimnisvolles Licht durch einen Riss im Himmel. Und ich verstand sofort, was da im Begriff war, sich einen Weg durch das Himmelsgewölbe zu bahnen. Es war natürlich die andere Welt. Die, die wir nicht sehen.

»Gleich fängt das Weihnachtsprogramm an«, sagte Papa und schaltete um. »Und dazu einen leckeren Keks.« Er griff nach der Plätzchenschale auf dem Couchtisch. »Nur das Backen ist mir mächtig auf den Keks gegangen«, sagte er und zwinkerte Wolke zu.

»Oh Mann, Papa!« Ich stöhnte auf.

Aber Wolke lachte über Papas Witz, der vergnügt mitlachte.

Als Wolke sich über den Couchtisch beugte, um sich auch einen Keks zu nehmen, kam sie dabei an die Fernbedienung und wechselte aus Versehen den Sender.

Es lief gerade Werbung. Ein großer dicker Weihnachtsmann rief »Ho-ho-ho« und schüttelte eine Glocke, während es Kunstschnee und Rubbellose über ihn regnete. »Stell dir vor, du würdest alles bekommen, was du dir wünschst«, sagte eine tiefe Werbestimme.

»Huch! Entschuldigung«, sagte Wolke und schaltete wieder auf das richtige Programm um.

Aber ich hatte es gerade noch gesehen. Als der Weihnachtsmann in der Werbung lachte, blitzte ein Goldzahn auf. Und ich hätte schwören können, dass er mir zugezwinkert hatte.

Papa trank einen Schluck Punsch und strahlte Wolke an. »Weißt du, warum Noel Noel heißt?«

Wolke schüttelte den Kopf.

»Er hätte an Heiligabend auf die Welt kommen sollen. Deshalb beschlossen wir, dass unser Baby Noel heißen sollte, falls es ein Junge werden würde. Noel kommt von dem lateinischen Wort für Geburt, und auf Französisch heißt es Weihnachten.«

»Nur bin ich dann doch nicht an Heiligabend auf die Welt gekommen, sondern Anfang Januar«, sagte ich. »Aber da hatten Mama und Papa sich schon an den Namen Noel gewöhnt und haben mich trotzdem so genannt.«

Das war ziemlich schräg, wenn man genauer darüber nachdachte: Sogar mein Name war ein Wortspiel à la Papa.

Und da fiel mir plötzlich etwas auf: Was, wenn der Zettel überhaupt nicht für mich gedacht gewesen war? Wenn es ein ganz normaler Weihnachtswunschzettel sein sollte? *Noel – Wunschzettel.* Vielleicht hatte ganz einfach nur »Weihnachten – Wunschzettel« auf dem Blatt gestanden?

Ich schaute hinaus. Brennende Kerzen und Adventssterne

leuchteten in den Fenstern auf der anderen Straßenseite, die Balkongeländer waren mit glitzernden Lichterketten geschmückt.

Wer war eigentlich die Frau mit dem Goldzahn? Der Weihnachtsmann war sie schon mal nicht, so viel war klar.

Ich steckte mir eine Zuckerstange in den Mund und schielte verstohlen zu Wolke, die neben Papa auf dem Sofa saß. War das alles doch nur Zufall gewesen? Dass ich den Zettel gefunden hatte? Dass Wolke an unserer Tür geklingelt hatte? Dass Fredrik mein neuer Lehrer geworden war und Papa ins Krankenhaus musste? Und dass Mama wieder nach Stockholm ziehen würde?

Oder hatte mir die Frau mit dem Goldzahn den Wunschzettel zukommen lassen, um mir zu helfen? Ich meine, jetzt, rückblickend, scheint es fast so, als hätte die ganze Zeit ein Plan hinter allem gesteckt.

Ich seufzte. Ich würde wohl nie erfahren, ob ich an jenem Tag im Bus wirklich einen magischen Wunschzettel gefunden hatte.

Aber das war auch nicht mehr wichtig.

Denn genau jetzt, in diesem Moment, hatte ich wirklich alles, was ich mir je gewünscht hatte.